# 惡夢

# 返校

Detention

# 再續

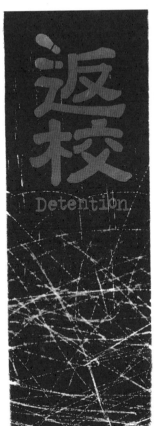

# 目錄

第　週　生活週記　年　月　日

# 楔子

※掃描QR Code，進入回憶片段。

救命！

女孩躲在狹小的空間裡，整個人蜷成一團，雙手抱頭緊閉著雙眼，她覺得這一切都是夢，夢醒後就不會有事了……對！是夢。

他們只是好奇來到這棟拆除在即的學校，現在應該已經回到家，不管看電視打電動都好，就是不該困在這個莫名其妙的廢墟學校裡！

好可怕好可怕，為什麼會發生這種事！

那些學生……不是人對吧？那不可能是人啊！

四周一片漆黑，因為她藏匿在一個櫃子裡。剛剛慌亂之餘大家四散，她只聽見尖叫聲與怒吼聲，還有一種令人毛骨悚然的哭聲，她只知道沒命地跑，躲起來就沒事了！

其他人去哪裡了？為什麼沒有聲音？

她戰戰兢兢的略微抬頭，這櫃子裡也沒多少空間讓她移動，她只慶幸天生骨頭軟，才能塞在這麼小的地方。

外頭為什麼什麼聲音都沒有？真的沒人回頭找她嗎？有誰在外面嗎？尖叫聲跟腳步聲都消失了，大家都跑到哪裡去了？

嗚……她想回家，她好想回家……喀。

有人開了門。

她瞪圓雙眼，緊緊圈著自己的雙腿，這所荒廢的學校有著破敗的木門，門開時總會發出那種古老帶有歷史的咿歪聲……咿——歪。

誰？她把鼻子埋進雙腿間，屏氣凝神不敢輕舉妄動，會開門的話，應該不是……那個吧？

木板門的咿歪聲持續好久，外頭沒有任何動靜，但是雨聲明顯變大，外頭正風狂雨驟，她聽得見那滂沱聲響。

是風吹開門的嗎？不，她剛剛確實有把門闔上的，可是……為什麼沒有腳步聲？

『有的人總是以為默不作聲就沒事了。』

外頭突然傳來說話聲，女孩嚇得差點尖叫，那聲音超近，根本就在櫃子門外！

『可是事實上明明就不關我的事啊……為什麼我一定要關心？為什麼我一定要幫誰說話？』是女生的聲音，哽咽委屈，『為什麼這樣子就要反過來陷害我呢？』

她沒有！女孩不住的顫抖著，外面那個女生的聲音好陌生，那不是同學的……是她不認識的人！

天哪，走開走開！冤有頭債有主，不管你們在這裡曾發生過什麼事，都不是她害的啊！

唰啦——櫃子門猛然地被拉開，女孩措手不及，只能瞪圓雙眼看著門驟然開啟！

「哇啊！」她忍不住尖叫，旋即又驚恐地摀住嘴。

黑暗的教室裡，透著外頭微弱無比的光，她只能勉強看見有個影子蹲在櫃子前。

手機就在腿上，手電筒是開著的，只是燈光刻意壓著大腿，她只要轉……轉一下手機就可以了……

『妳也以為，躲起來就沒事了嗎？』

咦？她飛快地翻轉手機，刺眼的燈光頓時照亮了櫃子裡與外面的……的……

「哇啊——哇呀呀——」

第　週　生活週記　年　月　日

# 第一章

※掃描QR Code，進入回憶片段。

吸管啵的插入飲料杯裡，粗壯的男孩大口啜飲著滿是冰塊的綠茶，這麼熱的夏天，喝冰飲就是爽！

而且心情已經夠糟了，不喝點冰的消消火怎麼行！

「幹！」張漢辰一口氣喝了半杯後，仰天就譙。

「別氣了啦！」賴家祥散散地走過來，搖得杯子裡的冰塊喀喀作響，「你現在氣瘋也於事無補！」

「話不是這麼說，我想到就火，到底是哪個抓耙仔去講的！」張漢辰氣得捏緊杯子，「要是給我抓到的話，我一定給他好看！」

一個短髮女孩走了過來，她的頭髮抹上厚重的髮膠，頭髮全往上梳攏的帥氣，好露出左耳那一排九顆單鑽耳環。

「有點難度喔，你們平常講話這麼大聲，到廁所去的都聽過吧？」許慧菱漫不經心地唸著，「誰都有可能去打小報告！」

「幹他媽的聽了一定要說嗎？」張漢辰髒話不離口，「事情要是鬧大，我連學校都待不下去！老師還一點情面都不給，叫我要有心理準備，是在準備三小啦！」

張漢辰之所以怒不可遏，起因就是有人檢舉他帶違禁品，而且一狀不但告到導師那邊去，連訓導處一併說了。事態相當嚴重，因為學校利用今天的體育課，搜了他書包。

「其實可以告的，看你要不要。」賴家祥算是智囊團，人很聰明，但總是一副吊兒郎當的樣子，「告侵犯隱私！」

「怎麼告？」張漢辰皺眉。

「告也來不及好嗎？東西都被抄了。」許慧菱沒好氣地說著，「重點是你今天有帶什麼東西來嗎？」

張漢辰擰起眉，卻不正面回答，只是回頭看著在櫃檯等最後一杯飲料的小個子，「喂，瘦皮猴，你好了沒？」

李依霖相當十分瘦小，比女生還纖細，都高三了身高才一百四十公分，體重連四十公斤都達不到。

「快好了……」李依霖囁嚅地說著，飲料做得快慢又不是他能決定的，嗚。

賴家祥跟著回頭，雙眼一亮，「嘿，羅家妮！」

剛從轉角那邊騎著腳踏車而來的女學生立刻舉起手，燦爛笑著，「嗨！」

嗨……前一刻還殺氣騰騰的張漢辰，也立刻成了繞指柔，瞇起眼在那邊跟人家

「嗨」！

許慧菱忍不住用手肘撞他，嘖了一聲，瞧瞧他現在什麼樣子。

羅家妮，是個總是令人側目的女孩，身材高䠷又婀娜，有張亮麗的容貌，皮膚白皙，天生就長得標致精細，在青春的高中生中，自然是受矚目及被追求的焦點！

當然，漂亮是一部分的原因，她待人接物相當落落大方，熱心助人又開朗，對待同學也不分類，對誰都一視同仁，儼然就是人生勝利組的代表。

身旁併肩一起走的甜美女孩也淺笑揮手，如果說羅家妮是明豔動人的太陽，那麼費孜虹就是月亮般的存在，她文靜甜美，溫柔宜人；依然會發光，只是柔和得多，天生長得可愛，是那種卡哇伊系的女孩，說話輕聲細語，為人隨和，笑容總是嵌在臉上。

較於羅家妮是柔弱些，但兩個人剛好一強一弱，是很好的互補。

至於另一個跟在她們身後，戴著眼鏡的微胖女孩是陳淑琪，她們三個總是在一起，陳淑琪……真的非常普通，戴著厚重眼鏡、皮膚不太好，總是滿臉痘痘，沒多大特色，存在感很低，缺少自信的低著頭；但羅家妮總是拉著她一起，說淑琪是她見過最善良的人。

「你們也拖到這麼晚才走喔……啊！」羅家妮眨了眨眼，「張漢辰，你沒事吧？」

她想起來，下午張漢辰被叫去訓導處了。

「別提了！」張漢辰不想在正妹面前說太多，「反正只能看老師要怎麼辦了！」

「所以今天還沒結果嗎？」費孜虹輕問，「我聽說導師是趁我們去上體育課時搜書包的。」

「就是，你們說，現在什麼時代了，我們學生也有人權的好嗎！不知死活……」張漢辰看著自己書包就火大，「啊！我可以貼爆社對吧！」

羅家妮剛點完飲料，好奇的轉過身，「爆料公社嗎？你有帳號嗎？」

「呃……」張漢辰用手肘頂著賴家祥，他只有聳肩。

「爆社後來都沒開放讓人加入了，很困難耶！李依霖，你咧？」

李依霖喝著飲料搖搖頭，他怎麼會有！

「別看我，我討厭那個社團。」許慧菱先出聲，歪著頭咬著吸管，「話說……那是誰啊？」

順著她抬高的下巴，連陳淑琪都不由得回頭，在她身後一公尺處，站著一個靦腆且清秀的男生，但不是他們班的人。

誰？費孜虹也跟著好奇的打量著……「唷？你不是隔壁班的……學藝嗎？」

「嗯。」黎昀達點點頭，尷尬的笑著，「有時候我們會遇到……」

「果然！」費孜虹甜甜的笑了開。

費孜虹正是班上學藝，教務處有相關事項集合學藝時，總會遇到彼此。

「他是黎昀達，三班的。」羅家妮果然認識，大方的介紹，「孜虹你認識了，這個是陳淑琪、其他是我們班的……」

由張漢辰開始，大家敷衍簡短的介紹，張漢辰用帶著敵意的眼神打量著黎昀達，這一看就知道不是為了羅家妮，就是為了費孜虹來的，看他的視線總是落在羅家妮身上，看來是想追她。

「妳約的嗎？」費孜虹好奇的問，接過羅家妮遞來的飲料。

「嗯……」羅家妮勾著嘴角，打趣的看向黎昀達，「不是約，是有事要談！對吧？」

呃……黎昀達緊張地手心冒汗。

他的確有事要找羅家妮……所以才私下約，「私下」啊！他沒有料到會這麼多人！

而且還有學校有名的頭痛人物．張漢辰，他只差拿根菸或嚼檳榔，看起來就是一尾流氓了，在學校出名得很，大概所有可以犯的校規也都犯了，還沒犯的就等畢業前集滿了吧……如果他能畢業的話。

今天聽說他帶了驚人的違禁品到校，老師們沒說什麼，但風聲傳得亂七八糟，只說嚴重性直逼退學。

他、賴家祥、許慧菱都一掛，那個李依霖是跟班，類似那種為了不被霸凌，只好依附的類型……在他們面前，他要怎麼告白啦。

「你們認識啊？」費孜虹好奇的問，平常沒聽羅家妮說過。

「就隔壁班的啊！」羅家妮說得理所當然，突然朝費孜虹耳邊低語，「他長得很好看，又是那種氣質男，怎麼不認識？」

費孜虹忍著笑，隱約猜到黎昀達來幹麼的了，「那妳要不要跟他單獨走啊？」

只見羅家妮轉著大眼，回頭瞥了黎昀達一眼，「不急。」

看他那副緊張到連額頭都冒汗的樣子，她想鬧鬧他。

費孜虹無奈搖頭，回頭朝陳淑琪輕笑，她擠出的笑容倒是很勉強。

「那個羅家妮……」趁機，黎昀達想叫她過來一下，至少離開這裡吧？不然他連話都沒辦法說了。

「啊——雲好厚喔！」羅家妮假裝沒聽見的往張漢辰那邊走去，突的一陣狂風大作，直接吹起女孩子們的學生裙，「哇呀！」

女孩們個個緊張的護住裙子，費孜虹不太擔心，因為她平時都穿著安全褲、許慧菱平時都穿褲裝，根本沒在怕。張漢辰趕緊瞪大了眼，多希望有一秒鐘的走光。

嘖！許慧菱推了張漢辰一把，這群色鬼。

「不是說有颱風要來，搞不好明天可以放假咧！」許慧菱仰頭看天，「這風就是颱風前的陣風啊！」

「這天氣真煩，要不然我們去吃水果冰怎麼樣？」張漢辰大方的相邀，「我請客！」

「真的假的！可是天氣看起來太糟了啦！」羅家妮一頭長髮被吹得亂七八糟，他們地處偏僻，算是在山裡的學校，平時風就比平地大了，一旦遇上颱風前夕那更是狂風陣陣。

「下次吧，看起來快下雨了，我們快點走吧！」費孜虹好意提醒著，張漢辰走出人行道，但眼神卻微妙地眺望著遠方。

賴家祥也留意到他的眼神，跟著抬頭往遠方看，他們這兒的房子最高不超過四層樓，現在這對面的樓房更矮，可以遙望對面半山腰一片落石廢墟。

「喂，看什麼啊？」許慧菱挑了眉，「你在看翠中喔？」

「嘿呀，你們有聽過翠中的傳說嗎？」張漢辰冷笑著，「也是個抓耙仔的故事。」

翠華中學，簡稱翠中，位於金鸞鄉，金鸞鄉數十年前是個因為發現金礦露頭而迅速繁榮的偏遠山城；終年陰溼多雨，翠豐溪橫貫而過，在鐵路通車前，是主要的運輸要道，當地居民大多以礦業相關工作為生。

戰爭結束前，日本政府為了滿足當地的發展需求，在翠豐溪北坡設立翠華第一中學校供在地子女就讀，光復後改制為省立翠華高級中學。

傳說翠中在戒嚴時期曾經發生禁書事件，並且有共產黨員涉及，導致一連串的肅清，許多師生被捲入，或逃亡或自殺或坐牢，更不乏被槍決，而自殺的學生多有不情願或冤枉者，聽說這些怨靈至今仍流連在翠中裡。

「在這裡的人誰會沒聽說過啊？」賴家祥說得煞有其事，「我聽說拆除工程不順利，怪手想把校舍推倒就故障，工人都在傳翠中裡有東西不肯散去。」

「欸，我也有聽說耶，我聽我叔叔說的，打算請人來做場大法事後再拆。」許慧菱跟著說得煞有其事。

李依霖皺著眉，看著不遠處山上矗立的殘影，「感覺……感覺有點可怕。」

「靠，就你膽子小！」張漢辰一掌往李依霖背上拍去，回音之大，黎昀達一時以為他內臟都會吐出來，「傳說傳說，都嘛大家在傳，停工明明是因為前幾天大雨好不好！」

連幾個月鋒面、接著颱風又要來了，上游的山區大雨不斷，一來土石鬆動、二來地基掏空，翠中位在半山腰，而且要到翠中還得先過翠豐溪，就在溪邊的工程，大家本來就會比較小心啊。

「去看看好了！」張漢辰突然語出驚人，「哪有在這邊這麼久了，連翠中長怎樣都沒看過的道理？」

「嗄？」一群人驚愕的異口同聲。

都還沒錯愕完，大爺他已經踩動腳踏車，直接往前衝了，「走了！賴家祥、李依霖！」

「喂……喂！張漢辰！」賴家祥嚷著，趕緊把飲料袋子往把手一勾，竟跟著跳上腳踏車追上去，「你騎慢一點。」

「有沒有搞錯啊你們！」許慧菱在後面喊著，「那裡能去嗎？」

她這麼嚷嚷，卻也跨上腳踏車，跟著往前騎，還不忘回頭吆喝大家：「快點走囉！」

李依霖遲疑著站在腳踏車邊，他不想去啊……站在這裡，光看著在山頂凸出的殘垣斷壁，他就已經覺得夠可怕了啊！

但是，他如果不去的話，明天會很慘的！

哀怨地回頭看著呆愣的羅家妮等人，那是一種求救的眼神……誰可以幫他？

「哇塞，他們真的去了喔？」費孜虹口吻裡是滿滿的讚嘆。

羅家妮漂亮的大眼睛眨呀眨的，綻出燦爛的光芒，「欸，要不要去看看？」

「什麼？」這句話，是費孜虹、黎昀達跟陳淑琪異口同聲喊出來的。

「張漢辰說得沒錯啊，翠中的事從小聽到大，誰去過了？」羅家妮立刻跑到腳踏車邊，「那是我們這裡最早期的高中耶，我阿姨還翠中畢業的，連她都說不清楚當年的事……超神祕的啊！」

「不是，家妮……這樣好嗎？」費孜虹很猶豫，但是她無法否認心中對翠中的好奇心。

越多的傳說，只是更增加他們滿滿的好奇心啊！

「都說鬧鬼了不是嗎？」陳淑琪緊張地捏緊飲料，「為什麼要去那種地方……」

「現在大白天的，怕什麼！而且傳聞多半是假的！」羅家妮已經坐在腳踏車上了，回頭望著她們，「快點，走了！」

黎昀達緊張趨前，「羅家妮，妳等……」餘音未落，倩影已經往前去了。

她到底記不記得他是有「重要的事要跟她談」啊啊啊！

黎昀達既錯愕又惋惜的看著遠去的背影，此時的李依霖已經哀怨地騎走了，原本希望羅家妮可以幫她說說情，誰知道她居然也想去那傳聞甚囂塵上的地方。

「淑琪妳回家好了，我不放心家妮。」費孜虹也把飲料勾上腳踏車前的鉤子，「我得跟去看看。」

陳淑琪皺起眉心，「妳也要去？」

「總不能放家妮一個人吧？」費孜虹很是無奈，「沒事，妳走吧……那個，黎昀達，我想你改天再來好了。」

她知道他想幹麼，但今天時機很不恰巧。

微笑跟大家道再見，費孜虹得加快速度往前追上羅家妮才行。

唉……陳淑琪嘆了一大口氣，道盡無奈，再不情願，她仍得跟上去。

「等等，妳也要去嗎？」黎昀達感受到她的不甘願。

「我非去不可。」陳淑琪悶悶地說著。

非去不可？為什麼？黎昀達還沒來得及問，最後一個身影跟著遠去。

他回頭看著自己的腳踏車，還有放在書包裡的禮物跟情書，再遠眺不遠處的廢墟，哎唷！他一點都不覺得那是值得參觀的地方！

但是，羅家妮如果去了那邊，萬一有危險怎麼辦！

「煩死了！」黎昀達牽著腳踏車邊跑邊跳上去，「我是來告白的啊啊啊！」

◆

在金鸞鄉，幾乎人人都是騎腳踏車上下學的，從小騎到大，就算山路蜿蜒也不成問題，而且每個人對附近的大路小徑知之甚詳。例如，在大馬路邊有條被野草遮蓋的小徑，路口甚至有已經腐朽的木頭方向指示牌，上面顯示著早已斑駁的「翠華中學」四個字。

小時候大人都千囑咐萬叮嚀不要靠近那兒，長大後便知道這條路到盡頭可見翠豐溪，跨過橋的北坡便是翠華中學。如果這裡是海邊的話，翠華中學就是個孤島，對外只有一條橋聯繫著，而島上沒有任何住戶或是設施，就只有一所高中。

也是因為如此，早已敗壞荒廢多年的學校不敷使用，白白浪費這塊地，所以鎮上決定拆除，再多做利用。

只是幾十年前一樁時代悲劇的案子，為翠華中學增添詭異的色彩。

其實路程並不遠，上坡路段對每位騎乘腳踏車的學子而言更不難，帶頭的張漢辰轉進小徑後，路面上多有樹枝與落葉，不過倒不影響騎乘，畢竟拆除在即，大型機具已有進出，道路想必已清理過。

「張漢辰，你慢點！」賴家祥在後面喊著，「路況不熟不要大意。」

「怕三小啦！」張漢辰狂妄的大喊著，但還是不自覺慢下速度，不是因為恐懼，而是因為美景。

因為這裡並非常用道路，所以樹木任其成長，小徑兩旁的樹高聳茂盛，甚至於空中交錯，綠中帶黃的顏色格外好看，加上滿地的落葉，他們都有彷彿騎乘在林蔭大道的感覺。

加上這些樹葉有橘有黃，帶點早秋的氛圍。

「哇……」所有人陸陸續續地彎進小徑裡，放眼望去就是一條橘黃步道，好不美麗。

「這裡好漂亮喔！」羅家妮忍不住讚嘆著。

「對啊，應該拍個照的！」費孜虹邊說，腳踏車往路旁一轉便停下。

羅家妮跟著煞車，跳下腳踏車，「喂，等一下，拍照啦！」

男生們煞住腳踏車，張漢辰皺起眉，「搞什麼啊！來觀光的喔！」

「也算啊！」賴家祥跟著停下，從口袋拿出手機，直接坐在車上拍著風景。

多雲的陰天，綠橘交錯的樹葉，或許不若藍天時來得美麗，但也頗有份秋涼美感。

女孩們或自拍，或是拍合照，陳淑琪負責幫羅家妮跟費孜虹照相，她不喜歡入鏡；而黎昀達哪可能放過這大好機會，他主動要幫她們拍照，這可以光明正大的拍羅家妮呢！

才準備再出發時，卻意外發現對向車道緩速騎來一輛電動三輪車。

「有人耶！」費孜虹好奇的張望，是個身著灰色外套的長者。

三輪車發現他們之後也減速停下，打量著最前頭的張漢辰，「同學怎麼跑到這裡來了？」

「啊……亂晃。」張漢辰懶得回答老人家。

「這裡挺美的，我們在拍照呢！」賴家祥永遠都能給出不被懷疑的正向答案。

「噢，拍完就快點走啊，颱風要來了，我看上游已經下雨囉！」老爺爺交代著，

「可千萬別過橋啊！溪水會暴漲的！」

張漢辰冷哼一聲，正想說關你屁事前，賴家祥已經微笑的應和：「知道了！」

老爺爺緩緩頷首，發動三輪車繼續往前，一路看著許慧菱、李依霖，然後是朝他微笑的羅家妮跟費孜虹，有點訝異怎麼這麼多人進來；費孜虹注意到他的三輪車後方，載滿粗壯的樹枝，看起來是被風吹斷的樹木……

是老爺爺在幫忙收拾倒在路上的樹木嗎？

「那都是被風吹斷的嗎？」在老爺爺經過她面前時，費孜虹忍不住問了。

「啊？」老爺爺趕緊煞車，「是啊，風太大了，我也擔心那些機具進去會壓到這些樹……能撿的就撿，說不定還有機會移植。」

「移植啊……這麼厲害，還能活嗎？」黎昀達也好奇的問。

「樹木的生命力是很強的！」老爺爺笑了起來，「總是試試看啊，大家都是在樹王公的庇蔭下長大的，多少有點靈性吧。」

學生們愣愣的交換眼神，「樹王公？」

「呵呵，就是在那舊學校門口有一棵百年老樹，我還在跟公所商量要好好對待那棵樹！」

「哇，這邊有百年老樹啊？」羅家妮顯得有詫異。「我們怎麼都不知道，而且還有名字！」

「啊！沒事沒事！可別好奇的跑去看啊！」老爺爺連忙阻止，「公所會好好移植它的！」

「嗯！」羅家妮乖巧的點點頭，但腦子裡打的自然是別的主意。

老爺爺有些不安的再三交代他們要早點回家，天色比平常暗得快，等等天氣就要變了，學生們也再三的應好；但是等老爺爺一消失在小徑入口，大家便飛快地往翠豐溪衝去。

站在橋的這端，可以清楚的看見翠華中學，走過橋後就是一連串的陡坡，那兒有台怪手，還有許多廢棄的石頭，看起來沒有太寬敞的道路。

「車子停這裡好了。」張漢辰架好腳踏車，「我們走過去吧。」

「要過去嗎？」李依霖戰戰兢兢，「剛剛那個老爺爺不是說不要過橋嗎？」

往下一看，溪水的確比平常湍急很多，看來上游真的下大雨了。

煞車聲接二連三傳來，學生們一一跳下車子，每個人眼裡都燃著好奇心。

「你真的很卒仔耶！」許慧菱刻意用力擦撞李依霖的肩頭，逕自往橋上走去。

賴家祥左手使勁搭上他的肩膀，力道大到足以讓他明白不跟著走會有怎樣的下場，他抬頭看向賴家祥，對方只是聳肩。
「哇塞，這橋也好古老喔！」羅家妮已經奔到橋邊了，「會不會斷掉啊！」
「厚，少烏鴉嘴！」賴家祥忍不住回頭，「大家依序過去好了。」
被羅家妮這樣一說，連他都覺得怕怕的了。
張漢辰不耐煩的輕嘖一聲，又不敢讓羅家妮聽見，趕緊往前走去，許慧菱就跟在他身後，平安過橋；接著是賴家祥跟李依霖，看起來橋還是很穩固，奔流的溪水比較可怕些。
羅家妮沒有跨出步伐，而是回頭看向陳淑琪，「淑琪！孜虹！」
「來了！」費孜虹停的位子比較斜，得鎖死腳架才行，手忙腳亂的背妥書包。
「為什麼要過去？」黎昀達不解的看著他們，「那邊都是廢墟了，不說別的，萬一風大吹倒了牆或是有落石怎麼辦？」
「就看一下嘛！」羅家妮顯得很興奮，「好歹要自拍一張再走啊！」
「這照片放上FB我們就麻煩了。」費孜虹無奈的搖頭，「別亂打卡啊！」
陳淑琪身子微微發抖，「我、我也覺得不要過去比較好。」
「哎唷！」羅家妮笑了起來，一把拉過陳淑琪就往前推，「走了走了，我們到那邊合照！」

咦？陳淑琪直接被抵著身體往前推，踉蹌走著，一轉眼已經在橋中間了！低首看著下頭湍急的溪流，她有種水勢越來越高的感覺。

「好可怕喔！」她攀著橋往下看，「水好濁，上游可能雨勢驚人！」

「所以我們趕快看了就走吧！」羅家妮催促著，「妳快點過去，我跟費孜虹要過去了。」

陳淑琪點點頭，也不敢在橋上太久，趕緊往另一頭奔去。

費孜虹望著遠方的溪流，看著水裡的小樹，她突然有不太好的預感……抬頭看著天空，山頭那兒有深灰的雲層。

「速戰速決吧，要下雨了。」她說著，趕緊拉著羅家妮過了橋。

又這樣。

黎昀達哀怨地跟著她們身後走，他都不知道為什麼要跟到這裡來，在這種地方應該沒有機會跟羅家妮獨處，他也沒辦法告白好嗎？

費孜虹說得不錯，溪水裡夾帶太多樹木跟石頭了，水質也變得混濁，還有山頭那邊的雲層也太厚了，勢必是滂沱大雨，這樣下去，溪水隨時都有可能淹沒這座橋。

橋比他想像得堅固，但是他走起來卻不踏實，總有種整座橋都在浮動的感覺……這又不是吊橋，為什麼會有這種搖晃感？

而且不自覺地往下看去，那滾滾溪水讓他有暈眩感，黎昀達忍不住停下腳步，儘管看上去壯觀，但他總有種快被捲進去的錯覺……嘩啦嘩啦……溪水奔騰越漲越高，顏色越來越深，然後……

從溪底驀地竄上一點鮮紅，鮮紅疾速擴散，眨眼間蓋過深褐色泥流，瞬間化成一整片沸騰般的紅——「呀！」

「黎昀達！」身後一陣拉扯，他被拽離橋邊。

雙腳微軟站不穩，來人以身體支撐住他，他也嚇得趕緊反握住對方的手腕。

定神一瞧，是費孜虹。

「你在幹麼？很危險耶！」她皺眉，顯得有點緊張。

「我——那個溪水——」他驚恐地再往下看，哪見什麼血紅溪水，下頭依然是黃土色的泥流啊！

「要看溪水也不是那樣看的吧？你人都掛在邊緣了。」費孜虹連忙把他往橋的另一邊拖，「別鬧啊！」

「我……」他剛剛掛在邊欄只想看得清楚一點，但不知道自己竟然靠得這麼近？「對不起！」

費孜虹擺擺手，輕笑著說沒關係。

一群學生走過橋後，就順著斜坡往上，嘻鬧非常，到處拍照。翠華中學比想像中的破舊，樓梯跟上坡的路很多都有損毀，大家也走得非常小心；黎昀達下意識地回頭看著滾滾泥流，剛剛那鮮血瀰漫的河流是怎麼回事？幻覺嗎？

那尖叫聲呢？又是哪裡來？

「校舍看起來還好啊！」羅家妮指向不遠處正前方的教室大樓，「就是舊了點。」可不是嘛，上方爬滿攀藤植物，該是白色的牆早已斑駁，不過倒是沒有想像中的破敗，就是棟舊建築罷了。

「這裡好陰森喔！」陳淑琪極不安的說著，「你們都不覺得嗎？」

「平生不做虧心事，夜半不怕鬼敲門！」羅家妮朗聲說道，笑著拉過陳淑琪，「妳啊，別想太多！」

「哎！」

她被羅家妮摟著往前，再前方是段樓梯，梯面多有破碎，帶頭的張漢辰都跳著往上。

「啊，樹王公。」費孜虹停下腳步，看見小徑旁的參天巨木，「上面還有紅布條！」

對華人來說，古老的事物都有可能成為神靈，這百年老樹自然也一樣。

破舊的紅布條雖然已經陳舊不堪，但還是看得見痕跡，是棵十個人都不一定能環抱的大樹，長在山壁之上，向天際延伸。

「好堅韌的生命力。」黎昀達微笑著，試著探身撫摸樹王公。

費孜虹見狀，也跟著以掌心貼在樹幹上，「華人認為什麼東西都有靈，尤其久了就會成神，所以這棵樹王公說不定也是位樹神呢！」

「剛剛那老爺爺不是說了，在樹王公庇佑下長大的樹木們，多少具有靈性呢。」黎昀達深表同意，闔上雙眼仔細感受著樹木傳遞過來的溫暖。「希望樹王公可以保佑我們大家平平安安。」

費孜虹乾脆雙手合十，反正心誠則靈，希望樹王公可以讓大家平安。

「孜虹！」羅家妮的聲音自上方傳來。

「啊！好！」她向右上看去，他們都已經爬上了樓梯，「小心點啊，別進去吧！」

「都來了！」羅家妮亮著雙眸，手上的手機拍個不停。

費孜虹雖然嘆氣，但還是趕緊跟上。黎昀達看著那破舊的校舍，耳邊聽見的依然是隆隆的溪水聲，他突然上前，一把就抓住費孜虹。

「我覺得離開比較好。」

「咦？」費孜虹被他莫名其妙的話嚇到了，「什麼？」

「妳去叫羅家妮他們快點離開。」黎昀達顯得很嚴肅，「我覺得這裡不太對勁。」

費孜虹睜圓了雙眼，忍不住嚥口口水，「黎昀達，你、你嚇到我了。」

「我很認真！妳看看水勢越來越高，橋要是斷掉我們就離不開了。」他擰起眉心，「我去找張漢辰他們，催促他一起走，妳去說服羅家妮吧，她好像玩開了。」

費孜虹深吸一口氣，「我懂你的意思，但你這樣好嚇人……」

「這種事本來就要嚴肅點啊！」他用力點頭，「說好了喔！」

「嗯！」

她也覺得這裡不要待太久，風颳得這麼可怕，現在可是颱風前夕啊！

兩個人趕緊走上敗壞的階梯，此時此刻，豆大的雨滴卻啪噠啪噠地落下了。

啊……黎昀達抬起頭，迎向雨水，費孜虹看著梯面上迅速且密集的雨滴，幾秒內蓋滿石階。

嘩——傾盆大雨旋即倒下來。

「下雨了！快進來！」羅家妮喊著，樓梯的盡頭就是校舍了，她在門口大喊著。

黎昀達跟費孜虹趕緊用手遮著頭，倉皇地往室內衝進去，外頭的傾盆大雨跟用倒的一樣。

「怎麼說下就下啊！」大家都躲到裡頭去了，感受著大雨的威力，說話都得用吼的。

「有夠大的啦，這打傘都沒用吧！」許慧菱煩躁的唸著。

明明才三、四個階梯的距離，費孜虹跟黎昀達身上還是溼了大半，他們一邊甩水，一邊打量四周。

這是個半封閉的地方，不是教室，是禮堂耶！

費孜虹看著昏暗的室內，他們進來這道門的另一端，正對面還有另一道門。禮堂左右兩端各一扇，看來一道門通往校外，就是他們才進來的這道，另一端應該是通往校園裡，只是年久失修，早就沒有門板，只剩門框了。

牆上的窗戶還有玻璃，但也龜裂滿布塵土，透不了光，加上現在天色陰暗，外頭烏雲蔽日，只是顯得這禮堂內更加昏暗而已。

禮堂裡的地板全是葉子與垃圾，灰塵遍布，右手邊的講台更加晦暗不明，上頭垂掛的布簾在昏暗的光線上，看起來有種死寂的灰。

黎昀達開始感到極度的不適，面前的陳淑琪則雙手交錯握著雙臂，竟跟著微微顫抖，臉色有些蒼白。

他用力抹去臉上的水，羅家妮拿出紙巾幫費孜虹擦著髮上的水珠，「說下就下也太扯！」

「颱風天嘛！」費孜虹一邊道謝，一邊接過紙巾按壓臉上的雨水。

黎昀達隨便抹著臉上的水珠，抹開的瞬間，沾水的睫毛模糊他的視線——倏地一個倒吊的影子，竟在講台上晃盪。

「哇啊！」

第　週　生活週記　年　月　日

# 第二章

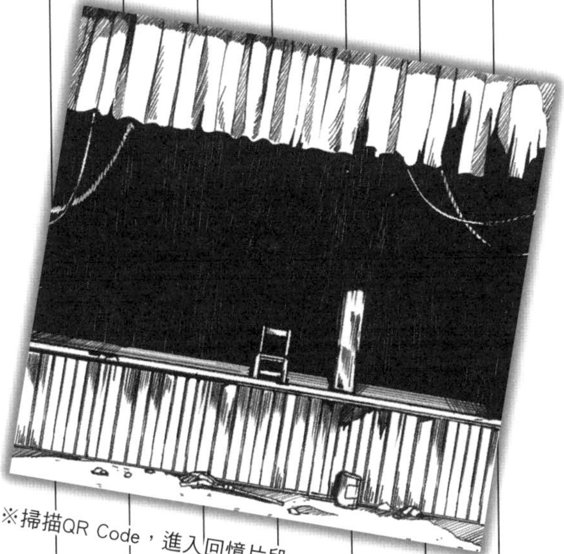

※掃描QR Code，進入回憶片段。

黎昀達的叫聲迴盪在禮堂裡，也嚇得大家回頭。

「靠，叫三小！」張漢辰被嚇得惱怒，低咒著。

黎昀達趕緊揉揉眼睛，他剛剛面對講台的方向時，明明看見那兒倒吊一個人在搖晃；但是重新再睜眼後，看見的卻是空蕩蕩的講台。

「黎昀達？」一旁的費孜虹有點緊張，「你怎麼了？」

「這樣怪嚇人的耶！」羅家妮也緊繃起神經，「你在看……哪裡啊？」

她跟著回頭，怎麼看也只有那座講台啊！

「不是，我剛剛明明看見了……」黎昀達用力再眨眨眼，「我剛剛真的看見有個人倒吊在上面上！」

咦？不說還好，此話一出所有人都愣住了。

逼近另一個門口的張漢辰跟賴家祥不由得往講台上看，許慧菱啐了聲神經病，李依霖緊跟在她身邊惶惶不安，費孜虹跟羅家妮悄悄交換著眼神，而黎昀達背後的陳淑琪卻直接哭了起來。

「我們快走好不好？」她哀求著，「這裡好可怕，我想快點離開！」

「可怕什麼？」羅家妮也很不安，「為什麼突然說這種嚇人的話啦！」

「是陰森了點，這裡就是廢墟啊不然咧？」許慧菱也開始不爽了，「製造什麼氣氛啦！有病！」

「我沒有製造氣氛！」黎昀達不太高興的回應，「就當我眼花好了，但是……」

一個人倒吊在講台上這種事，就算是眼花也未免太清楚了！

「好了好了！大家不要吵！」費孜虹趕緊出來打圓場，「沒事就好了，淑琪可能是比較敏感，這裡真的怪陰森的……只是，雨現在好大喔！」

「這種雨撐傘也會溼吧？」羅家妮站在門口往外看，「要不等雨小一點？」

「小不了怎麼辦？別忘了溪水暴漲，我們還是要小心。」黎昀達中肯地建議。

他們現在在翠華中學啊，山裡的孤島，只要橋被沖斷可就出不去了啊。

「鬧什麼東西！」張漢辰搞清楚狀況後不滿地咒罵，「我今天已經夠衰了，被小人告發、被搜出違禁品，現在還跟我鬧什麼怪力亂神的……」

他站在對面那扇門的門檻伸頭往外望，「這邊走上去可以到教室耶……喔，還有操場，學校滿大的嘛！」

賴家祥跟著站到門邊探視，這道門前約莫有五至七階的小樓梯，上樓後向右斜上有條路直通一棟教室大樓，四層樓高；往左的話是通往操場，禮堂門口較矮只能看到一部分的範圍，如果走上去應該看得會更清楚。

但是雨實在太大了，光踩在門檻邊衣服都會被濺溼。

許慧菱踢著垃圾與樹葉，邊在禮堂裡閒步走著，黎昀達根本不想動，陳淑琪忍著恐懼低泣，費孜虹只能上前安慰她。

羅家妮好奇地到處走走看看，講台的兩邊都有小房間，門看起來很舊了，鏽蝕的非常嚴重。一般而言講台旁的門多半是工具間或儲藏室吧，就是放椅子跟一些講台設備的地方。

講台的基座都是木板做的，因為年代久遠加上水氣，木頭不是發霉就是變形，白牆也已經斑駁不已，這裡曾是鎮上許多人年少的青春歲月，但終究也是在時間的流逝下，進入下一個階段。

「別哭了，沒事的，大家都在。」費孜虹摟著陳淑琪附耳。

「……是啊，」陳淑琪淚眼汪汪的看向她，「大家都在……好多、好多人……」

什麼？費孜虹圓睜雙眼，錯愕地看著她——好多人是什麼意思？她緊張的喉頭緊窒，但是又不敢聲張。

黎昀達的表現、陳淑琪的哭泣，別的不說，李依霖根本就是雙手抱胸的蹲在原地，他哪兒都不張望，只瞪著自己的鞋子瞧……倒吊的人影嗎？她抬起頭，看向黎昀達的背影，她跟他不熟，但他不像是會拿這種事開玩笑的人吧？

咻……狂風一波一波掃來，颱風還沒到就颳起瞬間陣風！

「哇！」風捲起一堆東西往裡吹，因為塵土過多，大家只能遮臉閉眼來閃躲。

黎昀達還因為太靠近門被雨水潑溼，這風也太大了吧！

「進來一點吧！」羅家妮回過身吆喝，「不要太靠近門口了！」

嘰嘰……她的身後，傳來詭異的聲響。

那像是拉緊的繩子，載負重物時搖晃的聲音……羅家妮狐疑的皺眉，聲音來自上方，她轉頭向上看，光線太暗，她看見的依然是空無一物的講台，還有上方那應該是布簾架的東西。

怎麼好像聽見童軍繩扭緊的聲響？她抬起頭，看向黎昀達時忍不住想起他剛剛說的……倒吊著的人。

突然一股惡寒，雞皮疙瘩豎起，羅家妮覺得自己被影響了，趕緊往禮堂中間走去，不敢再離講台太近。

黎昀達他們均往禮堂中心移動，好避開不停颳進來的雨水，但瞬間陣風不停，門口的樹木不少，一堆樹枝樹葉均被吹斷，又一陣風掃進來，所有人一陣哎呀亂叫。

費孜虹帶著陳淑琪乾脆背對門口，至少不要正面迎向那些塵土樹葉——

砰！

關門的巨響嚇得女孩子們失聲尖叫，因為風實在太大了，吹得門用力甩上，所有人都嚇了好大一跳！

「幹！」張漢辰是整個人跳起來的，「嚇死人了！」

賴家祥按著胸口，「風太大了，直接就把門給……」

門？在另一端門邊的賴家祥回首，看著正前方的那道門——禮堂什麼時候有門的？

剛剛進來時，這左右兩端的只有門框而已啊！

黎昀達也在驚嚇後倏地回頭，關上的門遮去更多的光線，他看著那扇深灰色的門，這麼大扇門是從哪裡憑空出現的？

禮堂裡的氣氛降到冰點，再遲鈍的人也開始發現到不對勁了，賴家祥即刻看向自己臨近的這個出口，本是裸露的門框曾幾何時出現了門軸？只是因為門開啟方向的關係，所以這一端的風向尚未將門甩上！

但是，這個禮堂原本沒有門啊！

唰！羅家妮的背後明顯傳來某個聲音，她可以感受到有什麼從上面掉下來了……僵直了背部的她不敢回頭，而是恐懼地看著數公尺外，臉色比她更慘白的黎昀達跟費孜虹她們。

「……媽的！」張漢辰大吼著，慘綠著臉直接扭頭往外衝。

他簡直是光速衝出去的，賴家祥不假思索的跟著狂奔——因為羅家妮身後的講台上，剛剛從上面倒吊摔下一個人了！黎昀達剛沒有看錯！

「啊啊！」黎昀達立刻大吼出聲，一句話都說不出來。

但是李依霖動不了，他選擇閉上雙眼，黎昀達衝到他身邊後，二話不說拖著他一起往外跑，費孜虹則扛著陳淑琪的手臂，羅家妮不必人叫，早就不敢回頭，轉身狂奔。

管他外面雨有多大，這個禮堂根本不能待！

最後衝出來的是黎昀達，他到門口後先把李依霖推出去，然後回身等著腳步踉蹌腿軟的羅家妮，拉過她後，自己才跳過那道門檻！

所有人不顧滂沱大雨，奔上那四、五階的階梯，在黎昀達踏上平台，他身後傳來第二聲驚人的巨響——砰！

八個人恐懼地回身，看著關上的門，另一扇憑空出現的禮堂大門……

雨水淋溼了每個人，水不停地遮去視線，不知道是冷還是恐懼，每個人的身子與脣都在打顫，沒有人說話、沒有人提出問題，只是呆然的看著那扇緊閉的門。

『各位同學，今天週會，我們要隆重表揚——三年級的方芮欣同學！』

驀地，禮堂裡居然傳出說話聲！

有人？裡面居然有人！

『這次揭發讀書會事件，揪出私通共匪的叛亂分子，我想我們都沒想到，學校裡有這麼多反叛分子。』

費孜虹不可思議地看向禮堂，怎麼可能會有人，而且彷彿真的在開朝會一樣！

她突然邁開步伐，往樓梯下走去。

費孜虹！黎昀達直覺的拉住她，她想幹麼！

費孜虹回頭比了個噓，她想知道裡面是什麼……雨聲夠大，能遮掩她的腳步聲，她回到剛衝出來的那扇門邊，裡頭的麥克風聲就更清楚了。

黎昀達不放心地跟著下去，要羅家妮挨著張漢辰他們待在一起，誰都別出聲別說話，千萬不要輕舉妄動。

再蠢都知道，現在的情況根本不是常態了！

嗚……羅家妮咬著唇往張漢辰身邊縮，大家的腳根本舉不起來，只能呆看著一男一女的身影靠近禮堂。

『讓我們歡迎方芮欣！』

緊接著掌聲響起，如雷的聲音連站在平台上的其他人都聽得見，許慧菱指著窗戶透出來的光，裡面有燈啊！

五分鐘前，那明明是座廢棄的禮堂，為、為、為什麼現在有燈有鬼有學生還有老師了！

費孜虹望著門上的把手，雨水不停沖刷她的臉，她望著也貼到門邊的黎昀達，聲音如此真實，裡面真的有人在開朝會，而且也有人在接受表揚。

只有一個方法，可以確認這聲音的來源。

費孜虹微顫的手擱上把手，黎昀達很想阻止她，但是他也想知道裡面是怎麼回事。

『翠華中學真的太幸運，你們要感激擁有一位正義的女性，是她揭發這一切的陰謀！』

就開一小縫，費孜虹緊扳住門把，黎昀達暗暗比出一、二、三——唰，她拉開門，掌聲戛然而止。

她站在門口，看見裡面毫無破敗痕跡的禮堂，整齊劃一的學生們，他們鼓掌的手瞬間停止，幾十顆頭統一往外面這兒轉了過來。

這是在開玩笑嗎？費孜虹簡直不敢相信，禮堂裡不但有人，而且是穿著整齊制服的學生們！黎昀達完全傻了，連老師跟教官都在，他們如同機器人般轉過來看向他們後，就完全靜止了。

『背叛者——』學生群驀地傳來一陣嘶吼聲，有隻手舉得老高，突出了人群！

下一秒，面無表情的學生們臉部開始急速腐爛，臉上的肉與皮膚開始往地上掉，並且朝著他們衝了過來。

『背叛者——』每個學生跟著高喊。

「哇！放手！」黎昀達瞬間拉開費孜虹的手，關上門，轉身拉著她就往上逃，「走啊！快走——」

平台上的其他人個個如驚弓之鳥，一聽見喊叫動作立刻俐落起來，張漢辰帶頭往右邊上坡處狂奔，沒命逃進校舍裡。黎昀達拽著費孜虹往上衝時，她還驚恐地回頭向下看，只聽見一群人衝撞那扇門的聲響，但是沒有人衝出來。

而他們，狼狽地進入穿堂，奔過破敗的玻璃門，直抵陳舊的走廊。

那就像他們教室走廊一般細長，他們衝進來的地方剛好在該走廊的中間，張漢辰直覺性的往左轉，賴家祥則往右看。

「哇！幹！這什麼！」沒跑兩步，張漢辰的咒罵聲就傳來。

「這邊！」反而是往右跑的賴家祥打開走廊第一間的門，「這邊可以進去！」

就近的許慧菱原本想從那間教室的後門進入，卻發現後門是卡死的，只好又氣又急地往前門衝去，循著吆喝聲，羅家妮也跟著往前奔，才發現最前面還有樓梯。

「校長室……」進門前，羅家妮抬頭看著依然嵌在牆上的木板，陰刻著「校長室」三個字。

黎昀達跟費孜虹最慢進入走廊，有些慌張。

「這邊！」羅家妮一見到他們立刻大喊。

費孜虹來不及看看其他地方，就被一路拽進根本漆黑的校長室裡。

黎昀達用力關上那扇門，裡面手機的手電筒燈光已經亮起，他搬來就近的椅子抵住門。

費孜虹站在門後，上氣不接下氣，她覺得……如果是那、個的話，一把椅子說不定效用也不大？

所有人都聚在一起，校長室裡有著濃重的霉味，書架上殘餘的幾本書早已散落，辦公桌傾倒，沙發也已經被蟲啃蝕，連坐的地方都沒有。

「你們什麼都沒看就衝進來喔……」費孜虹喘著說話。

「難道要待在走廊被追嗎？」許慧菱斜眼瞪著她，臉色死白。

費孜虹皺著眉，沒有東西追出來啊。

「剛剛發生什麼事了？」羅家妮緊張的問，「你們看到什麼了？」

黎昀達看著慌亂的她，搖搖頭，「就……就是……」

他不知道該怎麼說，幽幽地看向費孜虹，女孩無力的靠上牆，她開始覺得腳有些軟。

「不、不是人吧？」

幽咽的聲音傳來，站在角落的李依霖抖著音開口。

他躲到最裡面的角落，突然出聲還嚇了張漢辰一大跳，燈光照向他，發現他躲在一張神桌與牆壁之間的縫隙裡。

「我就說好多人的……他們都在……」陳淑琪跟著哭了出聲，「好多影子，他們都排排站在禮堂裡！」

費孜虹詫異的看向陳淑琪，她說的真的是那、個嗎？

「妳看得見嗎？」費孜虹嚥了口口水，平常沒聽她提過啊。

「看見什麼？」羅家妮連忙回身，握著陳淑琪雙臂搖著，「陳淑琪，妳跟我說……到底是什麼？」

「問屁啊！」許慧菱突然尖吼著，「阿飄啊！就阿飄啊！妳想聽什麼！」

阿飄，鬼……在翠中徘徊的學生亡魂們，歷經數十年未曾安息，因為當年的事件，讓眾多人蒙冤，就算活下來，只怕一輩子也在陰影當中。

當年被殺與自殺者眾多，所以翠中的傳說未曾終止，不甘願的學生們離不開校園，始終在翠華中學裡徘徊，想要找出當年慘案的始作俑者……

這是他們從小聽到大的傳說，版本各有不同，但是都脫離不了當年的慘案。

張漢辰無力的蹲了下來，從眼眶裡流下來的已經不知道是淚水還是雨水了；他蹲著的雙腳嚴重打顫，光聽到憑空出現的門，就足以讓他嚇得魂飛魄散。

「幹……為什麼會有這種事……」他低垂著頭，緊握拳頭。

「應該不會有這種事的不是嗎？」賴家祥靠著半傾倒的桌子，也無法接受現實，

「真的是阿飄嗎？你們確定？」

費孜虹微蹙眉心，「不就是明知道有傳說，才想來一探究竟的嗎？」

「孜虹！」羅家妮回首警告著，「妳不要這樣說話！」

「我說真的啊，我跟黎昀達都看得一清二楚，翠中的傳說一直都在，現在不是懷疑他們存在與否的時候了。」費孜虹依然很溫柔，但是卻帶著一種堅定的語調，「我們現在要想的是怎麼出去！」

羅家妮望著好友，下一秒就痛苦地哭了起來，她瑟縮著雙肩哭泣，黎昀達一瞧，心疼吶！

「羅家妮！」他上前，試圖搭上她的肩頭，「妳先不要哭，沒事的，我們大家都在……」

每個人身上都在滴水，外面溫度越降越低，風雨更驟。先不說好兄弟的事，如果這種雨再這樣下下去，橋一旦沖毀，他們一樣麻煩。

「報警吧。」賴家祥邊說，一邊拿出手機，「讓警察來找我們，這是最保險的方式。」

「對！快點報警！」張漢辰跟著拿出手機，急忙撥打電話。

許慧菱的手機擱在地上負責照明，她不想動，她的手抖得厲害，腦子裡千迴百轉，一直想問：為什麼會有這種事！為什麼！

費孜虹背靠著牆滑坐上地板，黎昀達最後大膽地摟著哭泣不已的羅家妮到裡頭的茶几上坐下；陳淑琪依然在校長室的書櫃邊，兩眼發直地瞪著地板，神桌邊的李依霖也不再說話。

「打不出去……為什麼打不出去！」張漢辰暴怒地喊著，「許慧菱，妳打！快點！」

他抄起地上的手機丟還給許慧菱，慌亂的叫她撥號，許慧菱手根本抖到拿不穩手機，又掉到地上；賴家祥呆望著手機，冷光照得他臉色更加慘白。黎昀達已經看見了，手機沒有訊號，網路也不通。

費孜虹試撥了幾次，完全是斷訊狀態。

「打不出去……」羅家妮哽咽的說著，「我們被困在這裡了對不對！」

「噓……沒事，沒事！我們會想辦法的！」黎昀達不停地安慰著她。

費孜虹向後仰著頭，她覺得全身虛脫，又冷又寒，髒亂的校長室裡只有大家的手機光亮。時近黃昏，氣窗透進的光有限，沒有人說話，只剩低泣聲。

最先站起來的是她，有些蹣跚的朝陳淑琪走去。

「淑琪，妳能告訴我們什麼嗎？」她如平常溫柔。

陳淑琪聞言，鼻子一酸立刻就爆哭出聲，雙手掩面的蹲下身子，「好可怕，他們好生氣！好生氣啊！」

「妳不要哭！一直在哭什麼啦！」張漢辰氣急敗壞地吼了起來，「哭得我都煩了！」

「漢辰！」賴家祥連忙想阻止，但是他卻急躁的隨手撿了東西就往陳淑琪那邊扔去！

「喂──」黎昀達見狀大喊，但是根本來不及，因為張漢辰真的是不假思所使勁地扔！

啪！費孜虹竟然俐落地單手接住，有些無奈的張開掌心，張漢辰丟來的不過是一個筆筒。

「我們都很害怕，不只是你而已，冷靜一點好嗎？」費孜虹盡可能放輕音調，「我們誤闖進來，有可能冒犯到什麼，或是……進入這個世界吧，總之得想辦法出去。」

「怎麼出去？」賴家祥嚴肅的問著她，「我剛想過了，進出的門就那個禮堂。」但是那個禮堂，剛剛害得她跟黎昀達雙雙驚恐地大喊快逃不是嗎？

「很可怕嗎？孜虹？禮堂裡的東西……」羅家妮嗚咽的提問。

「嗯……」費孜虹點點頭，「很多學生，一看見我們就衝出來……他們邊跑邊腐爛……」

許慧菱咬著唇，腦補充足後轉向旁邊乾嘔一聲，「嘔——」

黎昀達緊摟著羅家妮的肩，他只能、也只會這麼做，腦子裡完全沒有頭緒。

費孜虹又說幾句話安撫陳淑琪後，主動朝張漢辰走去，平常最會耍流氓的人，現在也是不堪刺激的脆弱；他蹲踞在地，雙手肘都架著自己的雙膝，緊抱著頭在那邊不停喃喃唸著不可能不可能。

費孜虹用自己手機的手電筒照亮其他角落，還特地照亮李依霖躲藏的神桌，她探頭看向縮在裡面的他，男孩早已哭紅了眼，咬破嘴唇。

她只是朝他頷首微笑，然後開始打開神桌抽屜。

校長室裡只有費孜虹一個人在動作，她也不知道自己在幹麼，但是不動她就會更加害怕，蹲著坐著或是哭泣都不能解決事情，她必須分心，然後期待有什麼奇蹟發生。

神桌的抽屜裡有蠟燭也有香，幸運的是還有盒火柴。

她拿出面紙隨意輕掃布滿厚重灰塵的神桌，插上蠟燭，只是柴棒不管怎麼點都點不燃，看來已經潮溼了。

許慧菱起身，直接遞出打火機，「喏。」

費孜虹開心的接過，許慧菱平常渾身都是煙味，也是訓導處的常客，隨身有打火機倒不意外。

紅色的燈亮起，神桌上的燈光彷彿有種溫暖的力量，讓大家的心情跟著靜了下來。

費孜虹雙手合十，所有人也突然跟著合十，根本不知道拜的是什麼，總之此時此刻，沒有人比他們更加誠心祈求了。

「我覺得出去不只一條路吧？我們學校也有後門不是嗎？翻牆呢？」靜下心之後，大家大腦開始恢復運作，黎昀達提出想法，「我們剛剛急著進來，不是還有另一條路？」

他看向賴家祥，賴家祥立刻沉吟，「對，另一邊是操場，操場一般伴隨著後門……我還看見旁邊有其他的建築，後面應該也有牆。」

「畢竟是所高中，校園不小，一定有辦法可以出去。」費孜虹深表同意，看向已經偎在一起的李依霖及陳淑琪，「你們有沒有什麼要提醒我們的？」

陳淑琪搖了搖頭，「我只是看到殘影，覺得恐懼……有龐大的壓力在這裡，我才希望大家快點離開。」

「妳又說得不明確！如果妳早說清楚，我們就不會進來了！」羅家妮有些怨懟的看著她，事到如今再說這些有什麼用！

陳淑琪抿著脣，立刻低下頭。

「……羅家妮，別這樣，陳淑琪也害怕啊！」黎昀達溫和說著，「這不是誰的錯。」

「為什麼不是！你！你是不是也早知道了！」張漢辰咬著牙一把揪住李依霖的衣領，「什麼都不說是什麼意思！」

「阿辰！」賴家祥跟許慧菱連忙拉開他跟李依霖，「你不要一慌張就找人出氣好嗎？現在揍人不能解決事情！」

「幹他媽的！我滿肚子火怎麼辦！」張漢辰氣得緊握雙拳，「我今天已經夠衰了，現在還遇到這什麼……這什麼鳥事啊！為什麼他不早說！」

許慧菱護著李依霖，「你要他說什麼啊！說要來翠中的是你啊！」

「他跟我說這邊有好兄弟，我還會來嗎？」張漢辰氣得真想上前揍李依霖似的，虧得賴家祥由後架著他。

羅家妮抽抽噎噎，「少來了，他要是真的這樣說，你不但會打他，還會罵他卒仔。」

哇，費孜虹忍不住輕笑，她也這麼覺得耶。

「現在快五點了，天色會暗得越來越快，要找路就趁現在。」費孜虹看著手錶，「先把附近的環境摸熟，我們也好找可以使用或是禦寒的東西……萬一晚上出不去的話……」

「我爸媽會來找我們的！」羅家妮低嚷著，「我們時間到沒回家，他們一定會找的！」

「對啊，我老爸也會來找我的！」許慧菱雙眼燃出希望。

但是她身後的李依霖卻默默的別過臉，黎昀達看在眼裡但沒說破，他想到的是之前看過的電影，如果他們進入了鬼打牆的世界，他們出不去……代表外面的人也進不來……

天哪！不會有這種事的！他不能這麼悲觀，但是——振作！黎昀達在心裡鼓勵著自己，看向身邊的羅家妮，他有需要保護的人啊！

「把握還亮著的時間出去看看！還要找可以過夜的地方或可用的物品。」費孜虹正在盤算。

「妳不要說得一副我們好像……晚上還走不掉的感覺。」羅家妮鼻酸的問。

「先準備好嘛！」費孜虹只能這樣鼓勵，「我也希望能越快離開越好……」

只是，她無法不在意李依霖的眼神，他一臉如喪考妣，彷彿有更可怕的事情即將來臨。

「喂，真的要出去喔，妳不是說那群學生……」許慧菱根本不想離開，「厚，有手機幹麼用這種古老的東西！」

「他們沒追出來，到我衝進來前他們都沒追出來，只是撞著門……」費孜虹歪著頭，「像是被那扇門困住一樣。」

學生們出不來，就表示他們會一直在禮堂裡嗎？黎昀達聞言心只有更心寒，「不不能從禮堂出去的話，就要快點找到其他出口了。」

他即刻起身，羅家妮飛快地拉住他，「你要去哪裡？」

「快點去找路啊，大家都在一起，不要怕！」黎昀達認真的看著她，漂亮的她連哭起來都很美麗，「我會保護妳的！」

豆大的淚水滑落，羅家妮用力點了點頭。

費孜虹打開校長室的門，外面安靜的如同平日，這是座廢墟，沒有人聲，就只有他們。

「……沒有，沒有可怕的感覺……」身後傳來細微囁嚅的聲音，是陳淑琪。

費孜虹回首回以甜笑，「謝謝妳！」

第六感敏感的人，或許可以做個警示。

大雨依舊，風狂雨驟，天色比剛剛更暗了些，費孜虹左右張望著，往左是長廊，中間則是他們剛剛進來的地方，右邊有樓梯。

「大家一起走嗎？」黎昀達也走了出來，「這條走廊盡頭不知道有沒有其他路？」

「操場那邊要去看看嗎？」許慧菱回頭看著賴家祥，「時間這樣最好夠。」

「難道要分開走嗎？」羅家妮立刻搖頭，揪著黎昀達的衣服，「我不要！」

分開會讓人恐懼，但是如果他們要一起行動，真的只是浪費時間……他們現在最怕的是一旦天色暗下，伸手不見五指的狀況只會讓恐懼加深。

「我們分開，但是分成兩隊就好，我們有八個人，四四一組還行吧！」黎昀達認真的說著，「就張漢辰你們四個一組，我們這邊一組。」

張漢辰根本不情願，「媽的我在校長室等你們！」

他轉身就要進入校長室，賴家祥卻飛快地拉住他，「喂，老大當成這樣也太卒仔了吧？」

「老大就是要讓小弟去做事的不是嗎？」張漢辰還有時間耍狠，試圖要甩開賴家祥，「放手啦！」

「張漢辰，你會不會太丟臉？」許慧菱輕視地打量他，「大家都很害怕，就你想躲在這邊是什麼意思？」

「什麼叫躲！我是誰？當然是你們去探路啊！」

唉，還真以為自己是大哥啊！黎昀達只有搖頭的份，大家都只是高中生啊，平常霸凌別人，就覺得自己高人一等了嗎？

臨危時，還不是膽小如鼠，原形畢露？

「我們要先走了，我們女生多，讓我們探查走廊合理吧？」黎昀達主動提出，「操場那邊比較大，她們跑得也沒那麼快。」

「走吧！」費孜虹立即應聲，她真心覺得時間不宜浪費。

黎昀達原本要帶隊，但是羅家妮揪緊他的衣服拖住他，另一手推著費孜虹往前，「妳先走啦，孜虹！」

「好哇。」費孜虹習以為常的逕自往前，根本不以為意，接著躲在羅家妮身後的陳淑琪也被她一把捉過，朝費孜虹身後推。

黎昀達皺著眉，為什麼羅家妮一直把同學往前推呢？

「妳沒事吧？」他感受到拉著他衣服的手不停發抖。

「我不想去……好可怕！」她哽咽著，「你會護著我對吧！」

嗯！黎昀達肯定的點頭，所以羅家妮便縮到他身後去，雙手貼著他的背……其實這樣很難走，但是羅家妮害怕，他當然要保護喜歡的人。

而最前面的身影不見畏懼，費孜虹也不像許慧菱他們手電筒不鬆手，因為現在視線還瞧得清；她身後的陳淑琪就一直縮著身子，一副恐懼非常的模樣，跟他身後的羅家妮一樣。

遇到剛剛的穿堂口，費孜虹突然停下，她小心翼翼的探頭往穿堂那邊看去，確定沒有人才繼續往前。

啊！黎昀達感覺到了，她不是無懼，只是謹慎。

「人家都走了，不要拖了。」許慧菱嚥著口水，天越來越黑，等等什麼都看不見就麻煩了！

「許慧菱都比你有種。」賴家祥嘖了一聲，「有沒有塑膠袋，手機不能溼，我們要衝操場的。」

一個身影往前，「我有。」

李依霖默默遞出塑膠袋，賴家祥瞥了他一眼後，把手機套了進去。

賴家祥不耐煩的轉身往前，事不宜遲，他們得快點去才行，也不太想理張漢辰了，主動跟上許慧菱。

「我走前面好了。」依舊細微的聲音來自李依霖，「我第六感好像比較強……」

許慧菱詫異的回首，「你？」

一直膽小怯懦的傢伙，現在說要往前？

「嗯！我覺得我可以。」李依霖其實用很無力的聲音說著，「但是我希望你們可以在我身邊……」

許慧菱突然笑開顏，使勁在他背上一擊，「那有什麼問題！喂！走囉！」

「隨便你。」賴家祥帶著厭惡的表情撂下這句話，走到李依霖另一邊去。

黎昀達聽著後面的步伐忍不住回頭，「小心點！」

「十五分鐘內回來好嗎？」費孜虹也跟著回頭喊著，「天快黑了。」

「好！」賴家祥豎起大拇指，他們三個人鼓起勇氣左轉出了穿堂。

張漢辰一顆心跳得飛快，為什麼要他們去操場？為什麼他不能在這裡等他們回來？又一陣狂風夾帶著細雨灑在他身上，他隻身站在校長室前，黎昀達他們身影已經在另一端了，而他孑然一身，只有空蕩蕩的四周，還有校長室前那些乾枯的草木……

他是張漢辰啊！辰哥有沒有！怎麼能讓李依霖那種人瞧不起了！

「可惡！」他大吼著，掄起雙拳邁開步伐追上賴家祥他們。

就這樣，一組人往操場的方向，另一組人在這校舍裡試圖尋找可用的物品與其他道路。

費孜虹發現走廊前後兩端都有樓梯，這是正常的設施，經過穿堂後的第一間教室被封住進不去，再過去一間的門板實在讓人有點難以忽略。

「剛剛張漢辰罵髒話是因為這個嗎？」她仰起頭，看著那緊閉的門上，竟畫滿符文。

「有種禁入的FU……」黎昀達中肯的說著，因為那符文是從牆壁開始書寫，滿布著整道門，似乎這樣才完整似的。

「這、這不是教室吧？」羅家妮打量著，「沒寫班級。」

咦？是啊，這間完全沒寫班級呢！

費孜虹伸出手，想試試看能不能打開，右手邊的陳淑琪飛快地扣住她的右手往下扯，這反而嚇了她一大跳！

「……陳淑琪！」

「天哪！」羅家妮疾速躲回黎昀達身後，「我們會被妳嚇死的！陳淑琪！」

她含著淚抿著唇，「我覺得裡面很可怕！」

「我覺得這裡到處都很可怕……」黎昀達的手完全無法克制的微顫，「妳感覺到裡面有、什、麼嗎？」

陳淑琪又搖了搖頭，「我們可以不要進去嗎？為什麼一定要進去……不知道裡面有什麼的情況下——」

「就是這樣才要進去啊……」費孜虹邊說邊打了個哆嗦，他們現在每個人都渾身溼透，不可能一直站在走廊上吹風。

校長室當然能待，但能待多久？費孜虹想的是可以提供生火的東西。

黎昀達深吸了一口氣，在大家措手不及的情況下，動手拉開門！

喀噠噠噠。

「黎昀達！」羅家妮尖叫著貼上他的背，為什麼要開門！

門開了一小縫，又是一股老舊的味道飄出，他皺著眉豎耳聆聽，他好像聽見裡面發出怪異聲響。

眼尾往右瞟，圓臉女孩做出跟他一樣的動作，瞪圓雙眼，側耳聽著。

「聽見了？」他輕聲問。

嗯！費孜虹用力點頭，「好像骰子的聲音喔。」

第　週　生活週記　年　月　日

# 第三章

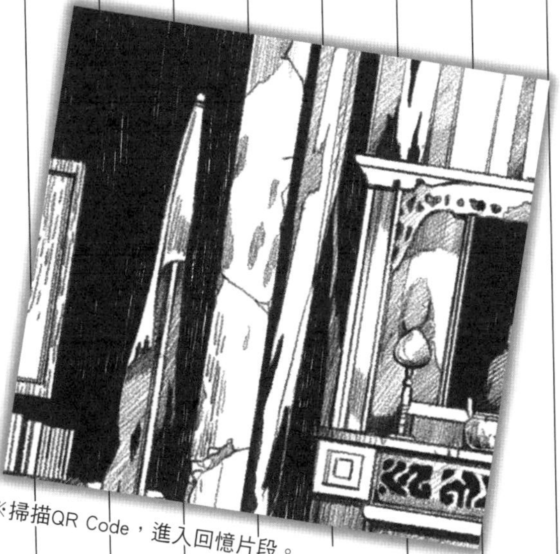

※掃描QR Code，進入回憶片段。

符文門裡的房間味道有點噁，倒不是什麼惡臭，而是一種塵封已久，霉味夾帶著某種臭酸味，而且這間的窗戶全部從裡面遮蔽，導致裡頭真的是漆黑一片，不得不拿出手電筒。

陳淑琪的手機始終沒放下，剛好藉由她的燈光照明。

果然不是教室，反而像是個迷你的住所，有腐朽的床架與櫃子，陳舊書籍散亂一地，牆上的壁紙都已經爛掉，青霉爬滿牆角；黎昀達小心翼翼地往裡面走了兩步，結果身後即刻傳來翻箱倒篋的聲音。

緊繃之際，任何突然的聲音都會嚇人的！結果是費孜虹積極的打開所有櫃子與抽屜，想找尋可用之物。

「喂。」羅家妮撫著胸口，「妳這樣很嚇人耶！」

「抽屜卡住了不好開啊！」費孜虹一臉無辜，「啊！刀子！」

她喜出望外的找到一把美工刀，黎昀達手機往刀子照去，根本都已經生鏽了，「這還能用嗎？」

「刀面鏽了，刀尖不一定啊，等等折斷後就可以了。」她把刀子放進裙子口袋裡，

「有什麼就拿什麼……唉，那個是被子嗎？」

「要我蓋那個我寧可凍死。」羅家妮即刻發聲。

拜託一下，牆角那腐朽床架上的被子根本爬滿小蟲好嗎？被單都被吃掉，發黃的棉花外露，誰要蓋那個啦！

黎昀達忍不住瞥了羅家妮一眼，「如果我們真的很冷，那種也能禦寒的。」

「我才不要。」羅家妮抿著脣，突然環抱住他，「貼著你就溫暖了。」

嗨！費孜虹忍著笑回頭朝陳淑琪挑眉，什麼時候了還放閃啊！她擠眉弄眼的本想讓陳淑琪輕鬆一點，但是她卻依舊皺著一張苦瓜臉，卡在門口不想進來。

「再看看有……」黎昀達燈光晃動，視線卻留意這房間裡還有另一道門。移動手電筒，一旁的羅家妮倏地看見一雙眼睛——「哇呀！」

她驚聲尖叫地拽著黎昀達離開，這動靜也嚇得費孜虹連忙後退，有什麼嗎！

「有人！」羅家妮顫著右手打直，指著窗邊一個鐵櫃的下方。

媽呀！有人！這下黎昀達護著她更往後退，費孜虹倒抽一口氣後也往門邊閃，只是手上的燈光忍不住往櫃子下面……照上一雙眼睛，一張妖嬈的臉孔，婀娜多姿的模樣風情萬種，唯一可惜的是臉色有點泛黃。

「厚……我的天哪！羅家妮！」黎昀達覺得細胞死一堆了，「那是海報！」

「嗄？」羅家妮咬著唇往前探去，怎麼看就是一顆頭、一張臉在下方的櫃子格子裡啊！

費孜虹探身往前，「乍看真的很像啦，裡面又這麼暗，要是我也以為有一個人躲在那邊！」

「對嘛對嘛！」羅家妮大膽的往前走了兩步，蹲下身子，「誰把海報貼在這裡，天哪……」

「正常情況也不會有人在最後一格啊，這得躺著才有辦法……」黎昀達邊說自個兒笑了起來，「好啦，不要去分析這種東西，太沒意義了。」

他轉向裡頭的另一道門，這道門倒不需要開，因為本身就沒闔上，指尖一推，門就咿呀的開啟了。

羅家妮站在櫃子邊不想進去，朝費孜虹搖頭，所以費孜虹叫她去外面陪陳淑琪，因為她還想看看這裡面還有什麼可以拿的。

「我覺得我好像RPG電玩裡的主角喔，到哪裡都在翻人家家裡的抽屜！」費孜虹還有時間自嘲，「黎昀達，裡面有什麼嗎？」

她邊說邊把東西往書包裡塞，一邊問著。

「沒有，就一張桌子……」這口吻低了八度，反而讓費孜虹有點奇怪。

她轉身朝裡面那間房間照去，隔壁房間不大，就一張桌子擱在那兒，沒有太多東西，順手扳動開關，祈求這裡有電似的……沒電。

「走了好不好？」門口的羅家妮嚷著。

「走囉。」費孜虹喚著，這一間沒有有用的物品。

「欸，費孜虹。」黎昀達依然不動，始終站在桌邊瞪著桌面，「妳看這、個。」

嗯？都已經轉身的費孜虹再度回首，看著黎昀達往旁挪了一步，而桌子上有個瓷碗。

她忍不住顫了一下身子，想起剛剛黎昀達開門時聽見的聲音，骰子落下瓷碗裡的聲響。

「裡面……」

黎昀達搖了搖頭，裡面沒有骰子。

她喉頭一緊，緩緩後退，用眼神暗示他快點離開，他們兩個都聽見骰子聲，不該是同時的幻聽，而且裡面切實的有瓷碗存在——那表示，骰子現在在「誰」手上？

黎昀達即刻奔出，不忘禮貌地帶上房門，他沒有忽略牆上的筆跡，記載著賭金的欠款。

喀噠喀噠——清脆的擲骰子聲明確的響起，逼得黎昀達戛然止步，背脊瞬間一涼！

走！費孜虹拉過黎昀達雙雙奪門而出，一刻也不敢停留地推著門邊的羅家妮她們往外退到走廊，不忘回身趕緊把這道門關死。

費孜虹緊張的喘著氣，看著那門上的符文字與牆的契合，有寫符文的門還、還是不要亂開好了……

「怎……怎樣啦！」羅家妮被這氣氛嚇到了，「你們的臉色好難看喔！」

陳淑琪發直的雙眼看著費孜虹，驚恐的眼神從左瞟到右，「他們……」

「沒事！沒事！」費孜虹立即擠出可愛的笑顏，一邊推著羅家妮的肩回身，「我們往前走！我拿到一些有用的東西喔！」

顧左右而言他……羅家妮扭開肩頭，連忙奔到黎昀達身邊，發抖的手再度緊揪著他的衣服，抖個不停。

唉，費孜虹只能勾住陳淑琪的手腕，「我們快走吧！」

趕緊離開這詭異賭博的房間吧！他們匆匆路過外牆的公布欄，再過去就是另一道樓梯了。

「……咦？方芮欣？」最後面的羅家妮喃喃唸著，扯住黎昀達。

「欸……」他被扯住衣服不能再往前，皺眉回頭，「什麼東西？」

「這個名字啊——」羅家妮指向公布欄上殘存的紙張，因為外頭用了一層膜封住，導致紙張沒有破敗，但字跡也消失得差不多了。

可是，有三個字倒是令人熟悉。

「方芮欣……」黎昀達張大了嘴，這個名字——不就是剛剛在禮堂裡一再被提起的女孩嗎？

「風雲人物啊！」費孜虹回憶著剛剛的表揚，「不但有作品放在公布欄，還能在朝會時被大大表揚……」

「是啊，好像是檢舉有功的樣子……」黎昀達不由得皺眉，「在那個年代，算不算也是一種抓耙仔啊？」

「在那個年代，認為有錯就檢舉吧？沒錯也能安個罪名！」費孜虹聳了聳肩，「好了！我們快上去吧！十五分鐘有限的！」

而且，她也想知道張漢辰他們怎麼樣了。

探頭看著尾端另一座昏暗的樓梯，幸好樓梯都是紮實的水泥製成，倒沒有踩空或是破敗的危險。費孜虹腳步異常輕快，陳淑琪根本是被她拖著走的；黎昀達走不快，因為他有人要保護。

羅家妮比平常嬌弱太多了，他牽著心儀的人的手卻沒有興奮感，他覺得她有點累贅、有些任性，而且沒有平常那種熱情明快的模樣，熱力十足的太陽，怎麼一下子就失去了光芒。

反而是那看起來可愛嬌美的費孜虹，一反那種需要人保護的感覺，她走在前面，謹慎且細心的留意著一切……讓女生走在他前面，他就是覺得說不過去啊！

費孜虹不是不害怕，她的手其實都在發顫，只是強忍著而已！

「走快一點吧！」他開始不耐煩了，「費孜虹上樓了。」

「就讓她上去啊！」羅家妮突然雙手緊握著他的手，還向下扯逼他止步。

「什麼？」他有點詫異。

「萬一上面有危險，她就會先遇到了啊！」她睜著明眸大眼，噘著嘴楚楚可憐的說著。

一股厭惡感從黎昀達心底翻湧而出——她是故意的？故意讓費孜虹先往前去涉

險？

「妳怎麼能這樣！」他低吼著，用力握緊她的手，三步併做兩步的往樓上拖。

「呀——黎昀達！」

衝上二樓才一往右轉，就看見地上一大堆破敗的課桌椅，走廊也已經淋溼了大半。陳淑琪縮著身子，互絞雙手站在女兒牆邊，黎昀達卻不見費孜虹的身影。

「費孜虹呢？」他使勁拉拖著羅家妮往前。

陳淑琪遲疑兩秒，才伸出手指向左前方，「她、她進去那間教室……」

「費孜虹！妳一個人不要亂跑好不好！」黎昀達扯開嗓子大吼著，餘音未落，天空突然銀白一片！

驚人亮光彷彿老天爺朝他們照相，下一秒便是駭人的雷鳴聲，轟——

「呀——」女孩們摀起雙耳，但銀白亮光接二連三，雷聲隆隆不斷。

「喂！」教室後門驀地打開，衝出費孜虹，「這邊可以看見學校另一邊的全貌！」

咦？

黎昀達瞬間鬆手跟著走進教室，羅家妮陡然一僵，發現自己右手上的溫暖突然消失……驚恐地連忙追上前去。

「進來啊！」她不忘回頭叫著陳淑琪，「妳要一個人站在走廊上嗎？」

陳淑琪咬著唇不停哭泣，為什麼一定要進去！

二樓就已經確定是教室了，費孜虹一進去就發現教室一邊是靠走廊的窗戶，但另一邊確實可以看見操場、司令台、升旗台，甚至是賴家祥說的建築物，因為昏暗，勉強只能辨識一棟紅色建築……另一排漆黑不明。

「看！」她指向大雨中的雨傘，「那是不是張漢辰他們！」

底下有四個人影走得非常吃力，也沒有全聚在一起，傘被陣風吹得亂七八糟，有人才從另一邊意圖追上他們，其他人則努力地在跟風雨奮鬥。

「他們在雨裡這樣看得見嗎？」羅家妮也到了窗邊，急忙地拿出手機，「應該叫他們往左邊……啊，我忘了手機不通。」

「我覺得看不見吧……天色又暗，雨又這麼大，他們拿傘擋在面前，光是前進就有困難了。」黎昀達有些憂心，「喂——張漢辰！賴家祥！」

黎昀達的叫喊聲一下就被淹沒在雨聲中，想也知道樓下的他們根本聽不見。

每個人走路都搖搖晃晃的，被風吹得東倒西歪，最後面的藍綠色雨傘勉強追上其他人。其他人彷彿停下腳步略微側首，看著藍綠色雨傘搖搖手，像是代表司令台那邊沒有出路的樣子。

「風太強了。」費孜虹咬著脣，「不應該讓他們去的！」

為首的身影突然明顯地往左偏，羅家妮雙眼一亮，「他們看見了！往左邊的建築走去了！」

大雨中的黑色建築或許不起眼，但較前方的紅色樓房能帶給他們一點注意焦點。

所以四支傘努力地與風雨對抗往前衝，看得出來每個人都彎著腰，力抗風雨，而且加快速度，希望能趕緊進入室內，暫時遠離這風雨。

「啊！」陳淑琪突然喊了聲，手機落地。

三個學生紛紛回頭，看著在他們後面兩步之距的陳淑琪，發顫著脣看著遠方。

「又怎麼了？」羅家妮擰眉，「我平常都不知道妳這麼陰陽怪氣耶，陳淑琪！」

「那個……」她無力地指向紅色建築的方向，「燈亮了！」

咦？費孜虹倏地抬頭，驚愕地看著一分鐘前還漆黑無光的紅樓，一樓尾端居然亮燈了！

費孜虹說不出話，黎昀達完全無法理解，他回身找著這間教室裡的電燈開關，瘋狂扳動著，卻沒有任何燈光亮起。

「這裡會有電嗎？」羅家妮覺得腦袋一片空白，「都要拆除了，怎麼會……」

「不不不——張漢辰！賴家祥——」費孜虹驚恐地扯開嗓門，「不要過去！不要過去——」

◆

啪噠噠——傘布剎那間被風吹走，拆離傘架不過一眨眼的功夫，藍色的部位在狂風中旋轉，一眨眼就消失了。

李依霖覺得自己是摔進走廊裡的，他是最先抵達的。

只是風實在太大了，光是兩手要控制傘就有問題，根本別說照明了。

剛剛彎著腰前進，傘擋在前面都覺得把手快斷了，完全瞧不見前方的路，只能盯著前人的腳跟亦步亦趨；賴家祥先去察看另一邊的圍牆，剛剛在雨中吼著沒有路，牆太高他也攀不過去察看。

一切都是因為颱風天，如果是晴朗的天氣，他們一定能攀牆去查看的。

「厚！」許慧菱不得不尖叫發洩自己的恐懼疲累，「我的手快斷了！」

賴家祥溼漉漉的走進來，右手拎著空傘骨，「別說了，我的傘掛了。」

張漢辰跟著小碎步奔入，他的傘是還在，但是全面被吹彎，成了一朵花苞的模樣，張也張不開。

「幹幹幹幹幹！」他氣急敗壞的跺地搥牆，「為什麼我要在這裡受這種罪！」

賴家祥懶得回答他，當初說要來這邊的不知道是誰厚？

「我覺得我會冷死！」賴家祥瞇起眼向外看著，「天色變暗了，我們是不是已經過了會合時間。」

「過了。」李依霖也冷得打顫，「路不好走，而且剛又去另一邊勘察……」

「煩！」許慧菱靠著牆，往右斜方向看著黑暗中的校舍，「早知道我就說我要查校舍，省得在這邊風吹雨打的！」

「別抱怨了，快點出去才是重點。」賴家祥隨便把傘往走廊旁的花圃一扔，往左轉過頭。

他們奔進來的地方是棟紅色建築……姑且稱它為紅樓吧！身在紅樓走廊的中間位子，從操場下來有三階樓梯，才踏進紅樓走廊；整條走廊古色古香，木門一扇接一扇的緊閉著，而面對的這些房間的最左邊底間，居然透出燈光。

「這裡有電？」他狐疑地看著那詭異的燈光，燈光微弱，帶著滄桑感。「李依霖？」

「不、不要過去……」李依霖抖聲說，「有人很生氣……非常非常生氣。」

許慧菱圓睜雙眼，「你怎麼知道有人很生氣？」

他哀怨的看向她，搖搖頭，「我不會說，但是我覺得有人在哭，氣到哭。」

「真是怪胎！」張漢辰冷不防上前，食指直接往李依霖額頭戳去，「平常就夠怪了，我不知道你真的有問題。」

「張漢辰！」許慧菱飛快地打掉他的手，「你不要自己害怕，就拿李依霖出氣好不好！」

「我害怕？」張漢辰怒目瞪視著她，「妳今天是怎樣？是在找碴嗎？還處處護著李依霖！」

「要不是你那麼卒仔，我找你碴幹麼！」許慧菱分貝跟著大起來，「我今天是看破你了啦，只會揍人欺負人，遇到事情時就想一個人躲起來，我們這邊每個人都比你有GUTS！」

「幹你媽的GUTS什麼東西！」張漢辰惱羞成怒的咆哮，掄起拳頭就要往許慧菱臉上招呼。

賴家祥直接介入他們之間，主動伸手包住張漢辰的拳頭。

「現在不是吵架的時候好嗎？大家都很害怕，但是做這些事於事無補！」賴家祥沒好氣的說著，「這種雨再下去，不必一個小時橋就斷了！到時候大家都被困在這裡，天曉得入夜後還會有多少翠中的『傳說』來鬧，到時誰撐得住？」

李依霖聞言，打了個哆嗦，「好多……陳淑琪說好多人……」

「翠中傳說的背景本來就是很多學生，那是個很大的案件，剛剛黎昀達也看見整個禮堂的學生不是嗎？」賴家祥也是故作鎮靜的一分子，「大家合作，用點腦子，看能不能多個希望，ＯＫ？」

「改拐彎罵人笨嗎？」許慧菱不爽地唸叨著，「早知道就不來了，我為什麼要來這裡啊！什麼好兄弟、什麼傳說……媽的都你！」

她忍不住淚水的哭喊著，拳頭如雨點般地落在張漢辰身後。

唉，賴家祥實在無力，他好像才剛說完吵架無用是吧？他看了李依霖一眼，卡在這裡也不是辦法啊。

所以他決定往走廊末端走去，他當然知道燈光詭異，這裡不可能還有電，別忘了這是拆除在即的廢墟，而且翠華中學已經荒廢幾十年了。

可是他們卡在走廊上也沒有用，這棟紅樓旁還有另一棟建築物，顏色很深瞧不清，但確實存在。

後面應該是圍牆，看著地理位置，說不定後門就在這兩棟建築物的後面。

「賴家祥！」李依霖忍不住呼喚，為什麼要過去呢？

就看一下……比起去開那些緊閉的門，他寧願先往有燈的地方去。

廊下的燈隨風亂晃著，那是五燭光的舊燈泡，努力散發著微弱的光芒。賴家祥還沒走到，就看見釘在牆上的木板，穩穩當當。

棒球社。

「這裡是社團……辦公室嗎？」他有些詫異，對啊，那棟是教室，這邊是社團就合理了。

許慧菱看張漢辰越看越不爽，一點都不想面對他，轉身就往賴家祥這邊跑來，「什麼社團……哇，棒球社！」

棒球？李依霖疑惑的往另一邊看去，退後幾步，果然看見另一個籃球社的牌子。

「居然有棒球社喔！」張漢辰是標準棒球迷，「那個時候就有棒球社了喔！」

「日本國球可是棒球啊，別忘了翠中是日據時代蓋的！」賴家祥看著眼前腐敗的木板門，遲疑良久。「我繞到後面去看看。」

他們是來找後門的，沒有進去的必要！

而且這亮著的燈，真的頗有請君入甕的感覺，還是不要碰比較好。

「我陪你。」許慧菱超講義氣，旋過腳跟跟上賴家祥。

他們筆直走向站在原處的李依霖，低聲交代他不要亂跑，李依霖痛苦的點頭，也請他們小心一點。

自棒球社往回走，可以看見壘球社、籃球社、布袋戲社、校刊社、合唱團、園藝社……

「哇，他們社團好豐富耶！」許慧菱可是大開眼界了。

「一點都不輸我們現在的社團！」賴家祥也覺得驚訝，「而且占地好廣！」

每一間社團外面都有招牌，木板上揮灑著漂亮的楷書，陰刻在木板上頭，釘得穩穩地掛在門邊。

李依霖不敢妄動，他看著往右邊末端走去的許慧菱跟賴家祥，再看向左邊的張漢辰……咦？他愣住了，人呢？

張漢辰？

「哇靠！」走進棒球社的張漢辰驚訝地看著一室通亮的社團，牆上是整齊的球棒，後方的櫃子裡則全是手套，還有一堆球擱在旁邊。

這也太齊全了吧！他小心地撫上那些球棒，雖然看得出來有年代了，上面也多有磨損，但是這樣的配備真的太羨煞人了。

「張漢辰！」外頭傳來驚恐的氣音，「你在幹麼！出來！」

「你看，這裡好多棒球設備喔！比我們學校的還齊全！」張漢辰真是既羨慕又嫉妒，伸手拿下擱在上頭的棒球手套。

吵……一疊東西跟著手套一起被拖出來，落到地上。

張漢辰好奇的彎身拾起，同時李依霖打開了門，臉色慘白看著他，「這裡不該進來的！」

「囉唆。」張漢辰根本懶得理他，端詳著陳舊的棒球手套。

李依霖不敢進來，他全身開始起雞皮疙瘩，有什麼不安的感覺襲來，有忿怒與哭聲藏在大雨之中，他聽見了啊！難道他們都沒有感受到，這場大雨像是誰的淚水嗎？

「情書耶！」他打趣的拿起信件，逕自打開來看，「啊……啊咧，這什麼？都日文！」

李依霖擰著眉看向張漢辰，這個算不上好人的同學難道沒察覺，這裡不該有燈？

荒廢的棒球社裡，也不該有這麼齊全的配備啊。

張漢辰不會聽他說的。

李依霖緩緩退後，他知道……跟著張漢辰只是因為怕被欺負，怕在無人的地方被打，怕被拖到廁所去惡整而已。

他厭惡、懼怕著出手凶狠的張漢辰，但是今天他卻第一次覺得他有點可憐。

那些跋扈凶狠都是紙作的，在風聲鶴唳的環境下他卻如此膽小，不過是紙老虎一隻罷了。

他沒喜歡過張漢辰，也盡義務警告過了，其他或許就該留給他自己處理。

李依霖別過頭，無論如何，他是不可能踏進那間棒球社的。

「教練……噢，噢，是寫給教練的信啊！」張漢辰認得幾個漢字，抬頭看向門外，「李──」

人呢？他嘖了一聲，隨手把信塞在口袋裡，然後心滿意足的戴上手套。

鏘──一陣清脆響亮的聲音劃開大雨滂沱的嘈雜，在操場上發出駭人的回音！

「什麼！」教室裡的黎昀達也急匆匆地衝到窗子邊，「妳們聽見沒有！」

「聽見了！好大聲！」羅家妮直覺地向後退，「那是什麼聲音？」

費孜虹不明白，那聲音好奇特，「不是撞擊聲啊，也不像玻璃碎裂音，可是好清脆喔！」

「在操場……」黎昀達努力地瞇起眼，把手電筒往司令台那邊照，「從中間傳來的！」

究竟是什麼聲音！

鏘——又一記清脆，在空中回音陣陣，聲音確實的來自於操場正中央。

在棒球社裡的張漢辰吃驚地抬頭，還沒來得及意會，棒球社的燈頓時一暗！

「喂！誰！」他嚇了一跳，突然間伸手不見五指。「李依霖！幹！李依霖回答我！」

他急著想要離開社辦，卻因為太黑而撞到東西，痛得直跳腳。彎身撫著膝蓋，恐懼感頓時湧上，他倉皇抬頭，卻赫見門外站著的人影。

「李依霖！」他喊著，那人影一動也不動，「過來幫我啊！喂！我叫你進來你聽不懂喔！」

人影站在門外，黑漆漆的看不見五官，只是在那兒矗立。

張漢辰氣急敗壞的半跛著往門外去，這個瘦皮猴居然敢無視於他的存在！以為自己今天威了點，就敢在他面前囂張了嗎？

推開門步出，張漢辰卻沒在走廊上看到人。

奇怪？去哪了？他狐疑地張望，剛剛明明就站在門口，就算跑也不至於跑到整條走廊都看不見人啊！

鏘！又一陣清脆，來自於右手邊的操場。

張漢辰緊緊握拳，這個聲音他比誰都熟悉……右手的棒球手套隨著他的握拳跟著往下彎，他緊張的往前徐行，一路來到樓梯處。

那個，是揮棒的聲音啊！

鏘——棒球直襲而來，擊破最左邊的窗戶！

「哇呀——」所有人嚇得抱頭蹲低身子，驚恐地看著被打破的窗戶。

羅家妮整個人都跪到地上去了，費孜虹伏著身子走過去，在亂堆的課桌椅下撿到了一顆棒球。

「天哪！」黎昀達瞠目結舌的往窗外看，「妳知道那距離有多遠嗎？」

能擊出這種球，簡直就是奧運冠軍了吧？

第　週　生活週記　年　月　日

# 第四章

※掃描QR Code，進入回憶片段。

「誰在打球？」賴家祥在大雨中來回走著，紅樓後面並沒有任何後門。「張漢辰嗎？」

他才想繼續往前，紅樓邊有個中庭，中庭再過去是黑色的日式建築，可是他沒那個膽量過去。許慧菱的手電筒照過去只是更添陰森感，天已經黑了，白色的LED光照在這個荒蕪的庭園以及中間矗立的雕像上，都只是讓人毛骨悚然。

不敢往裡走去探索，卻又聽見詭異的聲音。

「不是！」李依霖已經跑到他們這邊來了。

「不是？」許慧菱錯愕地看著他，「那會是誰？」

李依霖緊蹙眉心，淚光閃閃地望著她。

領會的瞬間，許慧菱覺得惡寒直竄腦門，打了個寒顫。

「搞什麼？」賴家祥奔進了廊下，「那是棒球的聲音啊！他進棒球社了嗎？」

李依霖點點頭，賴家祥真的很不想理睬張漢辰，回身看著死寂的庭園。

「我們快離開吧！」許慧菱拉過他的手，「我覺得、覺得回去跟羅家妮他們會合比較好。」

「都來到這裡了，那棟後面說不定就是後門。」賴家祥緊張地握拳，「我們從外面繞過如何？」

「外面……你是說……重新回到操場，從外面走到那棟建築尾端？」許慧菱每個字都在抖，「我們只剩一把、一把傘。」

「傘不重要了！從外面繞過去我比較不怕……這裡的話……」他潛意識瞥向中間黑暗的雕像，「我實在很怕那座雕像會突然轉過頭來。」

「我不要聽！」許慧菱驚恐地雙手掩耳，「我們回去好不好！也不要再去找後門了！」

賴家祥難受地看著許慧菱，他當然知道她害怕，他也一樣，現在連看雕像的勇氣都沒有，但是——

「我們都到這裡了，總是要——」

鏘——擊球聲再度傳來，賴家祥嚇得顫了身子，那聲音太清脆，給他一種揮棒力道極大的感覺。

他看著李依霖，現在他也是驚弓之鳥……咦？

他再度凝視著李依霖，「他一個人在操場上？大雨裡擊球？」

李依霖緩慢的，上下唇都在打顫的搖頭。「不、不是他……」

賴家祥看著李依霖，下一秒狠狠倒抽一口氣，即刻撥開他們兩個衝回紅樓前。

揮棒的不是張漢辰，那還能是誰啊？黎昀達不可能在這種颱風雨中在操場中間練習什麼揮棒啊！

「賴家祥！」許慧菱跟在後面奔跑，他們轉個彎衝到剛剛的走廊上時，已經不見張漢辰身影了。

「張漢辰！喂！張漢辰！」賴家祥跑到他們剛剛衝下來的地方，只看到遺落在走廊上的紙張。「什麼……這什麼……日文？」

鏘——「哇啊！」

喝！張漢辰的聲音！賴家祥隨手把信塞進口袋裡，三步併做兩步的往上衝，奔回操場的範圍。

雨勢太大，視線不清，大雨沖刷讓他們什麼都看不見，李依霖也趕緊拿出手電筒照向前方。

前方十公尺處，跪著他們熟悉的同學，他高聳雙肩，背影看來痛苦，左手像是握著右手似的，往地上趴去。

「張漢辰！」賴家祥大喊著，「你在幹什麼——」

鏘！又一聲清脆球音，李依霖突然撲向賴家祥。

黑暗中飛來一顆棒球，掠過許慧菱的身旁，直接殺進了身後紅樓裡：咚！

她驚恐回頭，剛剛那是什麼？

李依霖跟賴家祥雙雙撲倒在地，如果剛剛賴家祥還站在原地，只怕那球已經正面砸中了他！

『站起來！』怒吼聲自更遠方傳來，『不許偷懶！』

不是張漢辰的聲音！賴家祥跟李依霖雙雙連滾帶爬地移動到旁邊，狼狽的站起身，不敢熄去的燈光可以瞧見……在操場中間，有個拿著球棒的身影站在那兒。

那是誰？許慧菱也伏低身子，朝他們靠近。

「張漢辰！」賴家祥再喚了聲。

這個角度在他的右後方，可以看見張漢辰扭曲的面孔，他握著右手腕，看起來很痛苦的模樣。

他轉過頭，一臉驚恐。「救我……」

『棒球沒有國界！』遠方的聲音喊著，『我沒有犯錯！』

走啊！賴家祥揮著手，示意叫他快點站起，再指指校舍的方向——只要往那邊衝，衝進校舍跟黎昀達他們會合就沒事了。

張漢辰咬著牙，他的手……他的手好像斷了。

想接住從雨中飛來的那顆球，卻讓自己手腕折斷，劇痛難忍啊。

但是他還是吃力的站起，賴家祥推著李依霖往校舍的方向去，一邊也準備往前衝。

『我只是告訴教練，我有多愛棒球而已！』雨中聲音依然清亮，『接球！』

又一顆擊球，賴家祥瞪圓了眼，「跑啊！」

跑——李依霖立刻往校舍那邊衝，許慧菱扔掉傘也沒命的往前狂奔，賴家祥回頭確定張漢辰也追上後，飛也似的衝刺。

『誰是抓耙仔！都是妳害得我們這麼慘的！』雨中的男孩狂吼著，『方芮欣——』

強而有力的擊球聲再度傳來，一顆棒球直接擊向張漢辰的小腿！

「哇啊！」他直接撲倒在地，小腿瞬間就沒有感覺了！

賴家祥煞住步伐，回過身子，「站起來啊！張漢辰！」

好痛！張漢辰撐著身子抬起頭看向他，視線太模糊，他只能聽聲辨位，「好痛！我的小腿沒感覺了！」

「跑啊！」賴家祥遲疑著，因為他看見……看見那個身影移動了！

套著塑膠袋的手機顫抖地往前照，從大雨中出現的，是個穿著棒球隊服的男孩……他身上不沾一滴雨，自密集的雨絲中走了過來。

少年右手緊緊握著球棒，鮮紅的球棒上染滿鮮血，完全沒有被雨水沖落。

那到底是誰的血……賴家祥完全傻在原地，看著渾身是洞的少年——少年的全身染滿鮮血，他的左眼甚至被轟爛了一個窟窿，只看得見殘餘的腦殼。

『是你告密的對不對！一切都是你！』男孩中氣十足的吼著，憑空拋出一顆球，使勁朝他們揮棒，『我只是寫信給教練而已，我沒有通匪——』

駭人球速飛來，賴家祥飛快地蹲下身子，硬是閃過那一球。

「張漢辰！你給我像個男人站起來！」賴家祥趴在地上大吼著。

張漢辰咬著牙吃力站起，賴家祥痛苦地低咒著，卻還是衝過去撐起他。一把抓過他的手往頸子上扛，補上他左小腿的不便。

『你沒資格跑！』少年怒吼著。

在另一棟二樓的黎昀達他們把這一幕幕都看在眼裡，羅家妮尖叫著要他們別回頭，「跑！快點往前跑——」

「我去接他們！」黎昀達突然這麼說，回身往外衝出去。

「不要——」羅家妮驚恐地由後環住他的腰，整個人拖住了他，「你不可以、不可以丟下我！」

羅家妮！黎昀達感受到在腰間上的手力道有多緊實，他伸手想扳都還扳不開。

「我去，你留下來陪她們啦！」費孜虹故作輕鬆地說著，露出一貫的可愛笑容。

「什麼……費孜虹！喂！」黎昀達想要攔住她，但是腰間的力道圈得死緊，羅家妮甚至整個人索性蹲在地上，不讓他離開。「羅家妮！妳放手！」

「你說過會保護我的！」她哭喊著。

坐在地上的陳淑琪恐懼地雙手抱頭，她從球擊破窗戶開始就抖得厲害，不敢看外面的情況，也不敢聽，不過老實說躲在下方確是最安全的。

黎昀達甩不開羅家妮，只得轉過身再往下頭看去，好像已經沒看到李依霖跟許慧菱了！

「呃啊！」棒球擊中張漢辰的右腿，簡直準到沒話說！

賴家祥扶不住他，連帶被他拖累往地上跌去。

奔到穿堂處的費孜虹打亮手電筒的燈，拚命揮舞，為李依霖指引方向，「這邊！我是費孜虹，過來——」

那強力LED燈在黑暗的密雨中十分有效，給予李依霖正確的方向，他們狼狽地衝進穿堂時，李依霖甚至直接撞上費孜虹。

「啊……」她連連後退，卻還是頂住力道，「沒事！沒事了！」

李依霖抱著她，痛苦的緊緊扣著她的身體。

兩秒後滑進來的是許慧菱，她是真的走不穩，一路跟著水滑進走廊的！費孜虹趕緊要李依霖冷靜，她繼續發揮燈塔功能，趕緊繞過許慧菱再往外照去，為什麼沒有第三個人！

「賴家祥——張漢辰——」她扯開嗓門喊著，「我是費孜虹——」

賴家祥瞧見拚命揮動的燈光，立時站起，「走了！張漢辰！」

張漢辰兩隻腳都麻了，他很吃力地站起來……又跌了下去……鏘，一記球失手的從他們兩人之間殺過，嚇得賴家祥連連後退。

「跑啊！跑了——」黎昀達的聲音從上面傳來。

「不要丟下我！」張漢辰伸長了手，「賴家祥！」

頭被轟爛一半的少年不管何時都與他們保持固定距離，他轉動著球棒，再度舉起……不行，賴家祥嚥了一口口水，他不能陪張漢辰死在這裡！

『你告密的對不對！是你對不對！』他指向賴家祥的瞬間，又憑空拋出一顆球——

「不是我！」他蹲低身子躲過，但仍舊可以感受到那切開雨絲的球速！

「跑——」李依霖驀地攀住費孜虹的肩頭對著雨中吼，「賴家祥！快點跑，」

不能管張漢辰了，不值得也沒有義務啊！

「對……」賴家祥用力緊閉起雙眼，「我仁至義盡了，張漢辰！對不起！」

他轉過身子，拔腿狂奔。

「幹你媽的！賴家祥——」張漢辰驚恐怒吼，「你們這些人怎麼可以扔下我！無情無義的背叛者！」

『背叛者！』身後傳來疊音，『就是你！你就是你對不對……』

什麼？趴在地上的張漢辰回頭，看著明明在黑暗雨中，模樣仍舊清晰得令人作嘔的少年，他的頭是怎麼了？腦子都掛在外頭……那是摔爛的？還是被槍打爛的？

渾身上下的洞傷又是怎麼回事……張漢辰搖著頭，「你認錯人了！不是我！我不是抓耙仔！我是被害的人！我才是要找抓耙仔的！」

腎上腺素爆發般，張漢辰還是跳了起來，努力地往白炙LED燈奔去。

就在此時，李依霖接到撲來的賴家祥，親眼看著一顆球狠狠擊中張漢辰的右肩，他已經離他們很近了，在所有手電筒的照耀下，可以看見雨水在瞬間被染成紅色。

「哇啊——」血從張漢辰的右肩飛濺出來，只有兩秒，又被雨水刷去。

那是什麼？費孜虹不太明白，為什麼棒球會有血？

張漢辰往前爬了兩步，試圖再站起，強而有力的棒球擊中他的後腦……不，是左邊的腦袋。

他沒有叫，因為來不及。

棒球擊中張漢的左邊後腦勺，然後彷彿黏著他的左眼窩般，整塊連頭殼帶腦的削去，棒球就鑲在他的腦殼裡，一起落在費孜虹眼前五十公分的地方。

頭髮、組織，紅色的棒球從腦殼裡緩緩滾了出來。

「啊啊啊——呀——」許慧菱的尖叫聲劃破天際。

張漢辰歪著頭，用僅存的右眼看著他們……或是看著費孜虹手上的亮光，雙腳跪地，不知道是不是錯覺，費孜虹覺得他雙膝觸地時濺起的水窪，彷彿也是紅色的……

『我只是想打棒球而已！我想打球！』接二連三的棒球不知從哪兒開始瘋狂的擊上張漢辰的背部，『我沒有通匪啊，告密者，你手上沾了多少血……我沒罪，我沒有罪！』

血瘋狂的飛濺，張漢辰像電影裡那被機關槍打中的身體震顫不止。終於倒地。

費孜虹僵住了，她看著倒地的張漢辰，其實他就快到了，只剩下幾公尺的距離而已……他被球打掉的左眼窩上半部幾乎就落在她衝出去伸手可及的位置。

那染滿他腦漿的棒球，早已被這雨水洗淨了。

許慧菱在哭，她又驚又懼的哭泣著，賴家祥說不出話，坐在地上動彈不得……直到那個棒球少年突然瞪了過來。

渾身是血的少年，緩緩舉起了球棒，指向他們。

『為什麼要害我！是誰！是誰說我跟共產黨聯繫的！』他猙獰地一一指向他們，『你？妳？還是你——』

李依霖突然打顫，驚恐地直起身子，「跑……跑啊你們！」

憑空出現的球扔到半空中，動作一百分的揮棒後，以驚人球速朝他們飛來。

早已準備好的大家立即閃躲，那顆棒球擊中穿堂的牆壁，咻咚一聲竟嵌進了牆裡。

「啊啊啊……」許慧菱朝裡面爬去，賴家祥咬著牙站起，不停往裡退。

穿堂跟校舍走廊間還有一道門，他們可以把門關上。

「費孜虹！」賴家祥喊著，她怎麼都不動。

天哪……費孜虹難受地握緊雙拳，淚水奪眶而出，她咬著牙看著那忿怒的少年，轉過了身——一咬牙，突然又往操場衝了出去！

咦!?賴家祥驚愕的回首，她在做什麼！

費孜虹衝到張漢辰被打掉的腦殼邊，拾起那顆被沖淨的棒球，再奔回穿堂裡，挖下嵌在牆上的棒球。同時間身後傳來擊球聲，她伏低身子刻意往左偏，閃過了可能會打爛她頭的某顆球，朝賴家祥奔去。

「妳瘋了嗎？」賴家祥把她拉甩進走廊時，簡直不敢相信。

許慧菱跟李依霖飛快地把門關上，生鏽的鐵拉門是拉不動了，大家怕的是棒球會殺進來擊破這些陳舊的玻璃窗，但是操場卻只有咆哮聲，與不止息的擊球音。

『為什麼要陷害我！我要打球，我只是想打球！』

鏘！鏘！鏘！鏘！揮棒的聲音不間斷的傳來，但是那個棒球少年並沒有進來，聲音反而越來越遠，但是擊球聲沒有間斷。

好像沒事了？

「大家都在嗎？」二樓傳來羅家妮的聲音，「我們在二樓！」

「去……對！」費孜虹抹著雨水，「從尾端上二樓！」

她邊說，推著大家往尾端去，她卻轉向前頭校長室的方向。

賴家祥飛快地扯住她，「妳又要去哪裡？」

「我要去拿蠟燭……天黑了，我們不能一直用手電筒，手機沒電連求救都不行！」費孜虹冷靜的說著，「你們先上樓，我拿到剩下的蠟燭就上去。」

沒有人說得出「我陪妳」這幾個字，許慧菱巴不得快點跟同學會合，李依霖已經用踉蹌且痛苦的步伐朝尾端奔去了。賴家祥望著費孜虹，她如平時般的甜笑，轉身直往校長室衝。

好可怕……賴家祥勾著許慧菱的手往前時，他第一次發現，費孜虹在這種時候竟然還笑得出來啊！

◆

衝進校長室的費孜虹，因為緊張及腳滑，在裡面摔了一大跤，四腳朝天的仰躺在辦公桌與茶几中間的地上。她疼得一時站不起來，只能躺在地上休息。

「嗚……嗚……」她害怕地哭了起來，右手摀著嘴，卻無法忘記剛剛張漢辰發生的一切。

他被棒球打爛了身體，打破了頭啊！那是什麼力道？可以擊出一個能嵌在水泥牆上的球？

那不是人吧？在想什麼……費孜虹坐起身，曲起雙腿忍住低泣，那個少年全身都是血，一樣是左上半的臉被打爛了，她覺得他身上的孔洞像是槍傷，這不是翠中嗎？發生什麼事，會讓一個棒球社的少年渾身是槍傷？

冷靜……她抹去淚水，她是來找蠟燭的！忍著微疼爬起來，神桌的蠟燭尚未燃畢，校長室裡還透著一絲紅色的溫暖，她打開抽屜抓過蠟燭，旋身就往門外——

喝！校長室的窗外，竟站著一個人！

唔！費孜虹立刻掩住自己的口鼻，咬著掌心不讓自己叫出聲，她嚇出一身冷汗，靠著頹倒的辦公桌看著外面的人。

那個人就站在外頭，姿勢是低著頭的……不可能是羅家妮或是陳淑琪，她們不敢下來；許慧菱更不可能，她才剛驚嚇得衝上樓，現在只怕哭都來不及了……跟她一樣。

而且來找她的如果是同學，會呼喚她的，才不會在外面……

『嗚……嗚……』哭聲傳了過來，費孜虹下意識掐緊辦公桌緣。『我沒有……其實我沒有……』

不認識的人！費孜虹雙腳開始發顫，現在在學校裡的不是同學的話，就是……翠中的學生！

那些陰魂不散，徘徊不離的學生啊！

『拿不出來，為什麼要放在這裡！嗚……嗚嗚……』那哭聲好可憐好委屈，『求求妳——』

咦？這瞬間窗外的身影竟直了身子，彷彿面對費孜虹！

這是什麼意思？費孜虹看著窗外的影子……等等，不對！現在內外都一片漆黑狀況下，她怎麼看得見窗外的身影！

走廊是什麼時候是亮的！

『求求你幫我拿出來好嗎？』這聲音是對著裡面的，問題是裡面只有她一個人啊！

費孜虹瞪著外頭的身影，是在對她說話嗎？不不不，她不在這裡，她不認識誰啊！

啪！人影瞬間消失，與其說是人影消失，不如說是外面的亮光不見了，所以她便看不見任何身影。

這樣誰敢出去啊？費孜虹一顆心都快跳出來了！現在外面對她而言是混沌未明的，貿然出去的話，誰知道有什麼在等她？或是一顆棒球又飛過來，打碎她的額頭怎麼辦！

她不敢出去……費孜虹咬著唇不讓自己哭出聲，她想回二樓跟同學在一起！她想——

「費孜虹！」黎昀達的聲音突然傳來，她倏地抬頭！

咦？她立刻奔到校長室門後，戰戰兢兢的握住門把，「……誰？」門一下就被推開了，黎昀達探頭進來，「妳搞什麼？拿蠟燭為什麼拿這麼久？」

看見黎昀達的瞬間，費孜虹的淚水奪眶而出，她壓抑不住的低泣，咬住右手指頭，才不讓自己哭出聲。

「好好！我不是故意這麼凶的……是妳為什麼要一個人行動！」黎昀達放軟聲音，連忙拉她出來。

她搖著頭，看著清秀的男孩，突然一切都不冷了，「謝謝……」

謝謝你來找我……她沒說出來，但是看到黎昀達的時候，覺得好安心。

「走！」他拉起她的手，就要往廊底衝。

「啊等等！」費孜虹瞥見校長室外的花盆，枯死的花草散在裡頭。

黎昀達深吸一口氣，他正在忍耐，「費、孜、虹！」

「十秒！」她趕緊從口袋裡拿出剛剛在工具間裡撿到的美工刀，她記得那個女孩是站在窗戶框交錯的這條旁邊……她拿刀片使勁插進去——咦？

根本沒有幾公分，就觸碰到底了！美工刀往旁邊幾吋胡亂攪了一通，燈光照到不是土壤的東西。

「找什麼？」黎昀達不明上前。

「不知道。」她回答得自然，伸手從底土裡抓出一疊小冊子般的東西。

這麼淺，為什麼那個女孩說拿不出來？

還沒思考，黎昀達使勁拽著她離開，他以前從來不知道那嬌滴滴的費孜虹，膽子居然這麼大。

「妳瘋了嗎？一個人行動！」

跟著奔跑的費孜虹轉著眼珠子，「我只是去拿蠟燭？」

「這種情況……妳剛剛沒看見張漢辰的慘狀嗎？」黎昀達簡直不敢相信，「這裡、我們現在在——」

眾鬼環伺的翠中啊！

「但是，」她無辜的眨著眼，「有些事還是得要有人去做啊！」

她知道羅家妮不可能、也不會做這些事，陳淑琪根本不敢，其他人驚魂未定，只有她能做啊！

怕是一回事，但她不喜歡什麼都不做的等待！

黎昀達不知道該說些什麼，總之握著她的手更緊，一路奔回大家所在的教室裡。後門還被鎖上，死命敲了好一陣子，賴家祥才過來開門。萬一後面有棒球少年，他倆已經死八百遍了吧！

氣喘吁吁地滑坐在地，黎昀達看著分散坐在地上的同學們，其實待在這間教室是否安全也是個大問號，現在大家只是為了聚在一起，掙那一絲勇氣。

破掉的窗子不停的把風雨送進來，棒球少年就算不是人，但他擊出的球卻很真切，從那麼遠的地方飛到二樓，擊破了窗子，球也能紮實的握在手裡……張漢辰陳屍在樓下，棒球少年證實他可以輕易的傷害他們。

每個人都溼漉漉地坐在地上，慘白著一張臉，大家都很冷，不知是因為被雨水淋溼，或是是因為恐懼，總之，每個人的牙齒都不停的上下打顫。

「我拿蠟燭來了……每個人都夠拿一支的。」費孜虹把蠟燭倒在地上，簡直像是命定數字一樣，七根。「手機開手電筒很耗電的，可以的話用蠟燭照明。」

「風這麼大，拿出去可能就馬上熄了。」黎昀達聽著玻璃喀噠作響，「亮度也沒這麼強。」

「我們有幾只打火機？」賴家祥已經脫下制服，直接把水擰乾。

把自己蜷成一團的許慧菱沒吭聲，她簡直都要塞進桌子底下了，李依霖取下一直背著的書包，在裡面翻攪著。

「許慧菱有一個，我這邊有兩只。」他從書包裡拿出一個小袋子，讓大家有些驚訝。「這是張漢辰的，但被抓到算我的。」

黎昀達皺起眉，「我很不想說他的壞話，但這種同學有點差勁吧？」

明明是違禁品，卻故意放在別人身上？

「張漢辰就是這樣，他是誰？辰哥啊！」賴家祥冷冷笑著，「學校最大尾的辰哥。」

他笑得有點悲傷有些嘲諷，下意識地轉頭看向上方嘎吱作響的窗子。

「……你們在上面，有看見、看見他嗎？」原本把頭埋在曲起雙膝間的許慧菱終於開口，「剛剛……」

「都看見了。」費孜虹爬到她身邊，把蠟燭塞進她手裡，「我們沒有辦法……妳知道的。」

許慧菱看著費孜虹，酸楚湧上，咬著唇又哭了起來，「為什麼會有這種事……棒球、那只是棒球啊！」

「那不是人……」李依霖幽幽地說著，「那個男生身上都是血……我一直叫張漢辰不要進棒球社的，我真的有說……」

「所以張漢辰死了嗎？」羅家妮哽咽地問著，漂亮的眼睛裡淚水不止。

費孜虹點點頭，她在窗邊距離太遠，所以她選擇起身走過去，將蠟燭遞給她。羅家妮看著眼前的蠟燭，別過了頭。

「我不要！我們一起走就不必一人一支！」

「家妮，這是以防萬一用的，妳還是要備著啦！」費孜虹扳開她的手，把蠟燭放進去，「當安心也好，好嗎？」

羅家妮抬起頭淚眼汪汪的看著她，費孜虹瞇起眼淺笑著，還說了些打氣的話。

賴家祥看著她那甜美的笑容與平靜的氛圍，心情竟然也平靜下來。

「妳怎麼好像都沒在怕？」坐在講台邊的他接過蠟燭，「妳還能笑耶！」

「很怕啊，看，我手跟腳都會不自覺地抖。」她大方的舉起雙手，的確拚命抖著，「怪了，黎昀達剛也問我一樣的事。」

「因為真的很可怕，至少我不會想一個人衝校長室。」黎昀達嘆口氣，他們上來時說她隻身去校長室，他簡直都要炸掉了。

「有些事總是要做，我需要分心，得一直動一直想辦法，比坐著胡思亂想好。」費孜虹鼓起腮幫子，看起來更可人了，「坐以待斃感覺太糟糕了！我希望我是努力過的！」

坐以待斃啊……這句話說得真不錯。

「那個……電影裡留在同個地方的人，好像都很容易……」陳淑琪微弱地出聲，「所以躲起來，有時候反而會困住自己。」

「嗯，我就是這樣想！」費孜虹其實不停地在做深呼吸，「走一步算一步，但一定得走。」

「妳意思是說我們還得離開這間教室嗎？我才不要！」羅家妮立刻反對，「出去如果遇上那個怎麼辦？到底有多少好兄弟？他們為什麼、為什麼要害張漢辰啊！」

是啊，為什麼要害張漢辰？

「背叛者，他說他是被陷害的，還說了一些不著邊際的話！」許慧菱咬著唇，「他好像覺得張漢辰是告密者，賠上多少人的命什麼的……」

「我聽到他喊方芮欣這名字。」李依霖對這名字實在難忘，「好像就是那個方芮欣。」

咦？又是方芮欣？

「聽起來是方芮欣告了什麼密，牽拖一堆人，那個少年說他只是想打棒球，寫信給教練，並不是真的通匪……」賴家祥在張漢辰身邊最久，也聽得最清楚，「聽起來就是翠中傳說中的悲劇事件，聽說起因是老師提供禁書，接著扯進一堆學生……那棒球少年應該也是吧？」

「他身上像槍傷……」費孜虹伸手掩住左眼，「這一塊被轟掉了。」

頓了兩秒，賴家祥瞥向揉成一團的紙張，剛剛擰外套時掉出來的東西，他動手拿過攤平，是泛黃的信件。

「這什麼……日文信嗎？」賴家祥仔細瞧著，其實根本也看不懂，「是那個棒球少年說的信嗎？上面有教練的字樣。」

李依霖一怔，他怎麼好像聽過類似的話語？「剛剛張漢辰在棒球社裡也撿到一疊給教練的信……他好像放進口袋裡了。」

「什麼？」賴家祥皺著眉看著手裡的信紙，立刻拿出手機，「那這就應該是他掉的吧？」

費孜虹好奇的走近，「你要用翻譯嗎？網路不是不通？」

「我有載離線版本。」只見賴家祥對著信紙拍照，大部分的字雖然不在了，但是用APP加強一下對比還能運作。

他在這裡忙，但不是每個人都在意那些信裡寫了什麼，張漢辰的慘死讓大家嚇得魂飛魄散，尤其是剛剛在樓下親眼看見他被棒球擊爛身體的人。

「結果你們有找到後門嗎？」羅家妮焦急地問。

許慧菱默默搖頭，「紅樓是社團教室，旁邊有個中庭，中庭再過去還有另一棟建築，黑漆抹烏的看不清楚，我們不敢過去……」

「原本要從外面繞進去的，但是……」賴家祥嘆了口氣，「棒球少年……啊，他叫陳家豪。」

拿起信紙仔細端詳，他看見了署名。

「所以再過去那棟的角落可能還是有出口的囉？」羅家妮急切的看著他們，「那我們、我們該怎麼過去那邊？」

李依霖第一時間往後退著，拚命的搖頭，他絕對不要再靠近那邊了！

「那邊很可怕，不只是棒球，還有好可怕的聲音！」他用力閉起眼，「絕對、絕對不想再回去！」

「那我們該怎麼辦？在這裡等到什麼時候？」羅家妮哭喊出聲，「真的要等到天亮嗎？」

「如果……」隔了兩公尺距離的女孩幽幽出聲，「等得到的話……」

喝！所有人忍不住倒抽一口氣，她是在說什麼！

「閉嘴！」羅家妮氣急敗壞地瞪著陳淑琪，「妳幹麼那樣說！」

陳淑琪緊抿著脣，額頭趴在併攏曲起的膝上低泣，什麼話都沒再說，只是哭得令人覺得肝腸寸斷。

絕望，這是陳淑琪的哭聲傳遞出來的訊息。

費孜虹站起身，她在空蕩蕩的教室裡走動著，把書包擱在桌面上後，開始忙碌的翻找。

她沒有要拿什麼，只是不想靜下來……動，要一直動，因為她被陳淑琪嚇到了。

她不想在這裡待到天亮，她心底深處也不覺得這裡會有天亮。

「翻譯有點爛，但好像就是寫信抱怨棒球不被重視，學校支持籃球社之類的……」賴家祥已經大致翻譯出來，這種離線程式無法精確掌握文法，他只是抓關鍵字猜測，「啊，然後有人說他跟教練通信是寄給在日本的共匪組織，所以要抓他……這一些都是因為方芮欣的錯。」

「看來那個方芮欣不只是風雲人物這麼簡單了。」這名字黎昀達聽太多次了，頻繁出現到很詭異的情況。

被表揚的女孩、在公布欄刊登出作品，又被棒球少年說是背叛者、告密者？她到底是什麼人？

「聽說她就是因為檢舉而受到表揚。」

突然間，教室外傳來說話聲，羅家妮忍不住放聲尖叫！

所有人嚇得在原地後退滑行，驚恐萬分地瞪著後門的方向——誰！

「有人在裡面對吧！」砰砰砰，敲門聲響起，「我聽到了！請幫幫我同學！」

誰！誰！誰！黎昀達離後門最近，以腳代手飛快地用屁股往窗邊滑，什麼人啊！

「我聽到了！開開門！」這聲音帶著哽咽，「我也被困在學校裡，拜託你們幫幫我！」

黎昀達向左後方看向躲在講桌後的賴家祥，他皺著眉搖頭。黎昀達再往右看向許慧菱及李依霖，直覺強的傢伙說說話啊！

李依霖感受不到，他緊閉上雙眼搖頭，他不知道。

「我是跑來拍廢墟的，但是禮堂裡有好多可怕的學生啊！」男孩開始恐懼地哭泣，「我一直躲在三樓，好不容易才等到有人來了！」

好不容易？他們沒有很想進來啊！羅家妮咬著唇，所有人面面相覷，到底是人是鬼？椅子拖曳聲起，費孜虹竟站了起來，選擇往前門走去。

「費孜虹！」黎昀達用氣音喊著，她竟回頭比了個噓。

那個男生在後門，她想從前門偷看……只要一秒的時間，如果跟棒球少年一樣，就可以知道它是不是人了對吧？

深呼吸，費孜虹一隻手握在門把上，人與鬼應該很好分辨吧？

現在——她猛然拉開前門。

一張臉就映在她眼前。

「哇呀——」

第　週　生活週記　年　月　日

# 第五章

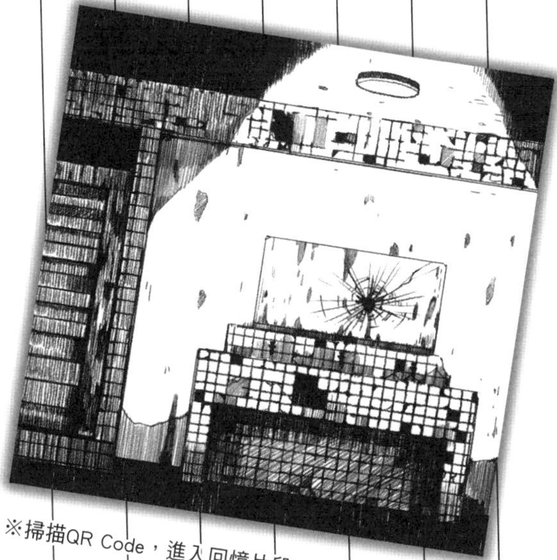

※掃描QR Code，進入回憶片段。

「哇啊啊啊——」

尖叫是一種連鎖反應，前門口的驚叫聲一起，帶起的是此起彼落驚天動地的另一波叫聲！

費孜虹整個人嚇到往後退，但來人飛快地拉住她的手，像是避免她跌倒似的。

「同學！」男孩滿臉淚痕，喜出望外，「謝謝妳！」

咦？費孜虹怔怔地看著喜極而泣的男孩，他低頭抹著淚，看起來好生感動。

「不、不會……」前門邊都已經在對話了，教室裡的尖叫還沒停。

羅家妮爬到賴家祥身後完全不必換氣地尖叫著，許慧菱直接把自己埋進腿間，一種眼不見為淨的逃避狀態，最可怕的是他們都不必換氣。

「我叫費孜虹。」這邊繼續自我介紹。

「我叫林友榮！」清瘦的男生伸手交握。

兩個人的手都很冰，費孜虹渾身溼透，男孩雖沒有溼，但看上去衣服很單薄，颱風的這夜氣溫很低，他只穿了件體育外套。

「……好了！好啦！」黎昀達忍不住掩耳大吼，「沒事了，不要再尖叫了！」

他無奈地往前門去，打量著不速之客，「你為什麼會在這裡？」

「翠中快拆了，所以我跑來拍照，然後就出不去了！」林友榮眉心都皺成一條線，「我一直躲在三樓，直到聽到你們的聲音，但是我不能確定你們是人還是那、個……」

「哈，跟我們一樣！」費孜虹笑出一對酒渦，「快進來吧！」

她拉著林友榮往裡面來，還不忘左右探頭，走廊上依然靜寂，棒球少年似乎沒上來。

「他不會上來的，他都一直在操場練球。」林友榮彷彿知道她在打量什麼，「固定時間才會出來揮棒！」

「哇！」黎昀達有些驚訝，「你在這邊多久了啊？」

「夠久了！度日如年！」他說著又快哭了，「只要一個晚上我覺得就像一世紀這麼漫長了……」

往裡走去，方才發現其他人不知道什麼時候全縮在一起，戒慎恐懼地看著他。他也愣愣的眨眨眼，暗暗喊了一聲哇。

「我們同學。」費孜虹隨便指一下。

「你們好多人喔！」他皺著眉，「早知道我也跟朋友一起來。」

「哇塞，所以你一個人來啊？」黎昀達真是深感佩服。

今天若不是陣仗夠大、張漢辰吆喝，根本沒人敢來好嗎？別的不說，就是張漢辰本人也是仗著至少有賴家祥、許慧菱跟李依霖陪他，要不就他那副紙老虎架子，不信他敢隻身探險。

「我後悔了。」林友榮絞著雙手，有些虛弱。

他相當清瘦，身高有一百七十，但體重可能五十不到，臉色也不太好……當然這個當口，誰的臉色都不好。

「你剛說方芮欣是什麼？」賴家祥沒有忘記他在門口的話語。

「啊，翠華中學的傳說啊！」林友榮看向講台後的聲音方向，賴家祥這才站起，「因為當年有個女孩舉報地下讀書會，牽扯出驚天大案，政府才發現學校裡潛伏反叛分子，接著又捲進很多人，那時寧可錯殺，所以一堆人冤死。」

費孜虹有些讚嘆，小手還鼓掌，「你好瞭解喔！」

「呵……沒有人比我瞭解翠華中學了！」林友榮無奈極了，「所以我現在才在這裡啊……」

「難怪你會一個人來拍照，應該研究過了。」黎昀達心裡的欽佩又加了一層。

「那打棒球那個你知道嗎？」賴家祥覺得好像從天而降一部翠華中學百科全書的感

覺。

啊……

在林友榮開口前，操場上又傳來令人不寒而慄的擊球聲，鏘。

「光復之後政府刻意壓抑棒球，對棒球有狂熱的學生無法承受，就常寫信給回日本的教練。那個時代要害人很容易，有人就檢舉他跟日方通信，把教練說成是共產組織……他就有罪了。」林友榮走向賴家祥接過信紙，「對，這位陳家豪，還有日籍教練的事……他覺得他沒錯，所以拒捕後跑到山上去，最後被警察就地槍殺。」

「是啊，他一直說他沒罪，只是想打球。」賴家祥喃喃說著，想起剛剛在雨中的怒吼。

「為什麼要害他？」羅家妮不明白，「如果只是跟教練通信……」

「那是個你們很難想像的年代，戒嚴、封閉，學生們或許不是故意的，也可能就是覺得他有問題。」林友榮帶著點悲傷，「先檢舉對方，總比哪天被害好吧？」

費孜虹覺得有點難受，「所以，他其實什麼罪都沒有？」

林友榮搖了搖頭，「那時候很多人根本都是清白的，但是……方芮欣的檢舉，真的害死太多太多人了。」

「所以禮堂裡的表揚是——表揚她檢舉？」黎昀達有些詫異，「她很得意嗎？」

林友榮看向黎昀達時，眼神是帶著悲切的，「有的人真的不是故意的……她應該也沒想過，會造成這麼慘烈的結果吧！」

許慧菱哇了好幾聲，因為剛剛大雨裡的怒氣令人太難忘，「那個棒球少年很恨耶！」

林友榮點點頭，兩手一攤，「太多人獲罪、被殺或是自殺，我想恨她的人應該非常多。」

「好複雜的年代……」費孜虹抿著唇，「但是，為什麼要傷害我們？」

林友榮低垂下頭，黎昀達推了她一下，他要是知道，有必要躲在三樓嗎？

大家根本同是天涯淪落人啊！

「那個林同學……」羅家妮小心的問，「你說你一直躲在三樓嗎？」

林友榮點了點頭，「根本不敢去別的地方，操場上除了打棒球的外，還有很多很多聲音，腳步聲、說話聲、哭聲……沒有間斷過，整個翠華中學就是個……鬼哭神號的地方。」

這不形容還好，一形容每個人都起了惡寒！

表示這裡的確不只一個棒球少年，還有許多他們尚未碰見的魍魎鬼魅啊！徘徊不離的學生們，流連在翠中間……

「那我們也可以躲到那邊去嗎？」羅家妮戰戰兢兢的往前，「大家一起過去，既然他能在那邊躲過一夜的話……」

是啊，陳淑琪亮了雙眸，就算聽到眾多聲音，他還是沒事啊！

「很遠嗎？」許慧菱即刻問了，那邊會不會有什麼？

「我躲在輔導室裡面。但是……」林友榮皺起眉，「我不知道能躲多久，我一發現有人就跑下來了。」

「總之那邊是安全的，至少可以做根據地啊！」羅家妮吸了一口氣，「趁現在天才黑快走吧！」

費孜虹默默地看著大家準備起身，她有些遲疑。

「那個……你們先去吧！」她走回擱書包的桌上，「我去找找看其他的路。」

又來？黎昀達不可思議地看著他，眼珠子都快瞪出來了，「費孜虹！」

「不是啊，還是要離開啊！」她有些困惑，「我們現在又冷又溼，這裡也沒有吃的，不出去能躲多久？林同學應該進來後就沒吃東西了對不對？」

林友棠點了點頭。

她再度換上帶著酒渦的可愛笑顏，「沒關係啦，你們先上去，跟我說一下位置，我想……」

她直覺地往窗外看向紅樓。

照理說，操場那邊的確該有個後門的，剛剛賴家祥他們沒看見，她想再去碰碰運氣。

「費孜虹說得對，不可能躲一輩子，横豎要出去。」賴家祥投贊成票。「我陪妳去吧。」

「我也一起。」黎昀達直接開口。

「咦？為什麼！」羅家妮忙不迭跑到黎昀達身邊，「你去了我怎麼辦？」

黎昀達蹙眉，「你們怕的先上去躲吧，我們找到出口就跟你們說。」

李依霖默默地看著大家，用徐緩的音調低吟，「你們……真的會回來嗎？」

如果是他，一旦發現有路出去，其實斷不可能再冒險越過這個操場，進入校舍，還上三樓的啊！

天曉得隨時會有什麼東西跑出來？光是操場那個一直在揮棒的棒球少年就已經夠

可怕了。

李依霖的話點醒大家，卻也起了提醒作用……是啊，賴家祥瞇起眼，要是發現有路出去，他不一定會冒險回來。

「所以還是一起行動如何？」黎昀達提出建議，「這樣好照應，大家也好同進退。」

羅家妮緊揪著衣角，她一點都不想出去……剛剛光是在二樓看著那棒球擊中張漢辰的景象，她就站都站不住了。

林友榮說了，不只一個啊！

「這麼多人，一起嗎？」林友榮帶著點擔憂，「我很怕……萬一遇到什麼的話……」

「唉，只能自求多福。」賴家祥嘿咻了一聲站起來，「我剛剛對張漢辰已經仁至義盡了，但真的不能拖累彼此，如果我出事，也請大家別回頭救我。」

「賴家祥！」許慧菱不可思議的嚷著。

「看看張漢辰妳就知道，翠中的鬼有多厲害！妳沒在張漢辰身邊沒感受他的怒火，李依霖說得對，他們滿腔恨意！」賴家祥相形之下是理智的，「放下張漢辰我於心不忍，等著他我又有危險，剛剛能逃出生天我已經覺得萬幸了，但我不知道我有多少運氣可以用……所以，請大家顧好自己。」

不想負責他人，那也不要成為他人的負擔。

羅家妮臉色慘白地看著黎昀達，二話不說的上前緊挽住他的手：她不要！

「我沒辦法……我跑不動，我會腳軟的！」她仰頭看著黎昀達，梨花帶淚地多令人憐惜，「請你一定要幫我……幫幫我！」

她真的很漂亮，連哭泣時也這樣的嬌媚，但不知道為什麼，黎昀達並沒有想像得動心。

他現在看著羅家妮，興起的是不耐。

「妳別拉著我……」他試圖掰開她的手，「就是盡量跟著我。」

羅家妮點點頭，但沒有鬆開手的意思。

費孜虹清點著桌上的東西，仔細聽，她還在哼歌。她收集了三顆棒球，兩顆擺在外套口袋裡，一顆塞在裙子口袋，撿到的美工刀擱在制服外套，還有拿到的課桌椅腳，兩支放在書包，一支拿來置放蠟燭。

眾人看她的動作，也紛紛開始撿拾這間教室裡的桌椅殘骸，想想也是，管他會有什麼，總是要有防身用的東西。

現在全身上下最沒用的，大概就是平常抱著不放的手機了。

費孜虹把蠟燭黏在一截木材上，確定黏得牢固後，舉起倒立並搖晃。

「打火機不夠，熄了怎麼辦？」林友榮問著。

「沒風了啊！」她溫和的笑了起來，「沒聽見嗎？」

咦？同學們這才留意到外頭的動靜，玻璃窗曾幾何時不再喀喀作響，也不知何時就沒有聽見風的呼嘯了。

男生們集合開始討論接下來的方案，去過紅樓的賴家祥畫出路線，麻煩的是要怎麼避開棒球少年；林友榮說他都一直在司令台附近，聽著偶爾清脆的敲擊音就知道，他還沒有要走的意思。

「……我想……」陳淑琪扭捏的拉著費孜虹，「上廁所……」

「啊？」費孜虹驚愕，「現在？」

陳淑琪點點頭，他們都進來多久了，為什麼大家不想上廁所呢？

「這裡有洗手間嗎？」許慧菱有些不安，「妳不能忍忍嗎？妳敢去嗎？」

陳淑琪難過的摀著肚子，雙手扭著，看起來是真的內急。

「隔壁是廁所……」林友榮回頭建議，「但是我、我不知道裡面是怎麼樣……」

「去看看就知道了。」費孜虹完全行動派，她朝陳淑琪伸出手，緊緊牽握，「我陪她去，然後拜託不要鎖門。」

「孜虹……太危險了！」羅家妮連忙阻止，「萬一有什麼怎麼辦？」

「我們等等橫豎得出去啊！」費孜虹拿起木條，點燃蠟燭，「我也順便先出去看看狀況吧。」

不停地動，她不要任何靜下來思考的時間，一旦停下來她就會害怕。

費孜虹讓自己保持忙碌，真的帶著陳淑琪從後門出去，賴家祥在門邊送她，直接守門。

「我覺得費孜虹很強！」他喃喃說著，「有誰知道她這麼強？」

同班的人全都搖了頭，搖得比誰都大力。

「她看起來很纖細又很柔弱，甜甜很可愛，就醬子……但是行動力好驚人。」連平常喜歡當大姊頭的許慧菱都甘拜下風，「簡直是領頭了……」

接著，她瞟向瑟縮在黎昀達身邊的羅家妮。

而那個風雲人物的明豔爽朗少女，平常主意跟意見都特別多，好事都領著頭做的傢伙，卻跟張漢辰一個樣，只想依賴、躲在別人身後。

「冷嗎？」許慧菱轉向李依霖，她今天也第一次覺得，膽小怯懦的李依霖特別帥。

李依霖勉強笑著，現在大家都冷吧，打從心底的寒冷……他不安的望著後門，外出的費孜虹跟陳淑琪，更讓他不安啊。

「有感受到什麼嗎？」賴家祥看著他的神色。

「我感覺不到了。」李依霖哀怨的望著他，「因為這裡每一吋空氣，都盈滿惡意。」再也，分不出來了。

◆

後門隔壁就是洗手間，漆黑的夜裡只靠費孜虹手上的蠟燭照明，蠟燭不算小，照明範圍至少足夠，雖然沒有LED手電筒來得亮，但能見度足夠就好。

她看著洗手間的木板門，上面真是精彩得讓人不安，整扇門像被刀片還是指甲刮花似的，不知道發生了什麼事。

站在門口，就能嗅到裡頭散出的臭味。

「我們、還是不要進去好了……」陳淑琪話不成句。

費孜虹退後一步，冷不防的伸腳踹向那道門——砰！

這聲響嚇得賴家祥一大跳，他拉開門偷看，原來是費孜虹踢了門，趕緊轉頭朝教室的大家伸手示意一切無恙。

門被輕易踢開，而且鉸鏈還崩毀一塊，廁所門即刻略傾斜地掛在牆上，一股惡臭傳來，實在令人作嘔。

女孩雙雙掩鼻，費孜虹手上的木條是椅腳，所以更長，她刻意把蠟燭送進廁所裡些，先看一下裡面的狀況；長方廁所，照進去都是空地，廁所在右手邊一排，地上都是垃圾。

「好像還好耶……」費孜虹邊說，捏著鼻子往洗手間裡去。

「費孜虹！」陳淑琪沒拉到她，她整個人就踏進洗手間裡。

一踏進去，突然變得更加明亮，費孜虹往右看向洗手台，洗手台上的大片鏡子反射燭光，增添亮度。

只是，鏡子上有著蜘蛛網狀的裂痕，曾經被敲破的痕跡。

「我不看妳，妳到裡面去好了。」費孜虹指向牆角，「不要進去廁所，一定很髒。」

陳淑琪抿著唇，她覺得髒亂這件事情不是重點……

「我想還是算、算了……」

「人有三急，等等我們萬一遇到什麼妳怎麼辦？」費孜虹堅定地看著她，「我就在這裡，我面向鏡子好嗎？門也是開著……」

因為已經壞了也關不起來。

陳淑琪戰戰兢兢踏入，她不安地看著右手邊那四道緊閉的廁所門，每一間的門都是黑黃斑駁，每一間都緊閉，反而比敞開更加令她不安。

走到對面空的對角去，她真的很急，大家都買了大杯飲料不是嗎？為什麼只有她這樣！

費孜虹依言靠近洗手台，面對著鏡子，蠟燭用左手舉著刻意往斜後，為陳淑琪照明。

燭光在後，透過鏡子的裂痕變得更亮，費孜虹看著鏡子裡的自己，裂痕處處，就出現重重的自己。

洗手台上全是深褐色的噴濺痕跡，仔細看鏡子中間凹裂之處，也殘餘著似血的殘跡，所以這裡發生過什麼事嗎？有人撞凹了鏡子？難道是徒手敲擊？鏡子擊破後流出血……

可是洗手台這大量的噴濺痕跡又怎麼解釋？難道撞到鏡子的是……頭？

她看著圓心的凹洞，忍不住這麼想著，高中生打架嗎？但學校應該會修復啊，怎麼會留著……她困惑地看著無數雙眼睛的疊影，好多個她吧，一個裂痕一個她，兩個三個——

『妳不該在這裡！』

什麼！費孜虹瞪大雙眼看著最後一個疊影，那不是她！是個面目全非的孩子！

她嚇得回身，怎會有別人在！但根本來不及，身後一股力量使勁扯著她的身體，把她整個人往鏡子撞去！「哇！」

費孜虹沒有鬆掉木頭，她直接往前撲的時候以雙手擋住鏡子，但這樣的動作卻迫使蠟燭熄滅！

緊接著，咿……旁邊那緊閉的廁所門竟然開了！

什麼！陳淑琪驚恐地向右看去，「費孜虹！」她什麼都看不見！

門開的聲音不只一道，四道門全開了，剛剛明明是鎖住的啊！

「往門——」費孜虹完全無法說話，看不見的黑暗中有拉力拽著她，她只感覺被往牆上甩去。「哇——呀——」

下一秒，她往後踉蹌，半飛半倒似的從洗手間門跌出去了！啊！

費孜虹四腳朝天地重摔在地，還滾了一圈，一路往後滑行直到撞到女兒牆才停了

下來。手上的木條早就飛出去了，在漆黑的走廊上咚隆落地。

然後，那應該損壞的廁所門板竟然在她面前甩上了——砰！

喝！頭靠在扶欄上的費孜虹驚恐地望著前方，「陳淑琪——陳淑琪！」

「怎麼回事！」門驀地拉開，彷彿賴家祥現在才聽見她的叫聲似的！

「呀——哇啊————」才踏出走廊的賴家祥，聽見左側隔壁空間裡傳來的慘叫聲，「費孜虹！費孜虹——」

費孜虹痛得站不起身，她努力想爬，但是摔倒的痛楚讓她腰部臀部都暫時麻痺了。

「誰……陳淑琪在裡面嗎？」賴家祥直接往洗手間的門那邊去，卻在最後一秒卻步。

可以這樣進去嗎？不，應該問：要這樣進去嗎？

黎昀達跟林友榮都衝了出來，耳邊只聽得見陳淑琪在廁所慘叫的回音。

「我沒有！不是我，我不是抓耙仔！」歇斯底里的慘叫聲傳來，其實不必到走廊……

在教室裡的人都聽見了。

一牆之隔，每個人都能清楚地聽見那份恐懼與淒厲。

乒乒、撞擊聲接二連三，那像是誰摔進木門裡的聲響，撞擊聲後，總是伴隨著更瘋狂的尖叫聲，「呀呀！救命——救命！我沒有害人！不是我啊！」

所有人都僵住了，只能呆看那道滿是刮痕的門，聽著同學的慘叫。

費孜虹咬著牙，扶著女兒牆的石欄站起，右手撫著發疼的後腰，急著想往洗手間靠近。

「開門啊你！快點讓她出來！」她踉蹌的撞上門，卻被黎昀達攔下。

「啊！啊啊啊——」聲音就在門後，費孜虹感覺得到陳淑琪就在門後面了——

砰！

門把震顫，費孜虹倒抽一口氣，扣著黎昀達伸腳踢門……文風不動，剛剛一腳就能踹開關閉的木門，現在卻紮實得驚人。

「呀——呀呀——」陳淑琪的叫聲跟玻璃碎裂聲和在一起，逼得費孜虹打了寒顫，「我不是方芮欣！我……呀——呀——」

連續不斷的慘叫近在咫尺，費孜虹知道那是鏡子的聲音，鏘鏘聲碎了一地，碎片散落在洗手台上或地上，大小破片掉得到處都是，一片片的碎玻璃音……

最後，也只剩下碎玻璃音了。

細碎的破片落在地上，比雨聲還清脆。

費孜虹緊抿著脣掙開黎昀達，上前用身體撞著木門，那扇該是破舊的木門依然不為所動。

「同學！」林友榮拉住她，直接往後帶，「來不及了。」

來不及了……費孜虹忍著顫抖，雙手死死握拳，「陳淑琪！陳淑琪——」

洗手間裡再也沒有聲響，黎昀達夥同賴家祥把費孜虹帶離門口，越遠越好，最好大家都回教室去……

不對，就在隔壁間的洗手間都會出事，誰又能保證教室安全！

許慧菱腳步蹣跚地走向後門，不必言語她都知道出了什麼事……「怎麼……怎麼回事……」

費孜虹說不上來，她腦子一片混亂，廁所裡究竟有什麼在，她根本連反應都來不及！

「她就在裡面……在等我們……」她難受地哭了起來，「她突然出現在鏡子裡，然後我就被推出來了！裡面每間廁所都出現開門聲，那裡面不可能有人對不對！」

黎昀達啞然，「對。」

不可能有人，因為那不是人。

羅家妮依然坐在地板上動不了，剛剛說要去廁所的陳淑琪就這樣沒了？她看著李依霖起身朝許慧菱走去，大家都……要離開了嗎……

為什麼，為什麼不能就待在這裡呢！

手電筒照耀著大家不清楚的臉，大雨依舊，嘩啦的聲響是現在唯一的聲音，走廊上一片死寂，所有人心裡明白，此地已不宜久留。

夜，開始了。

「啊……」李依霖突然驚恐地抓住許慧菱的外套，「聲音！」

許慧菱被他揪得嚇一大跳，跟著回頭，「什麼東西！不要嚇我！」

李依霖直接仰頭向上，聽！聲——

聽？在雨裡，突然傳來了歌聲……細微幽咽，聲音是來自於上方。

「林友榮。」黎昀達立刻問向在這裡先待過一夜的前輩。

「有個女生會在樓上……應該是頂樓！」他指向上方，「因為在我上方，而且……」

話才說到一半，那歌聲驟然變大，而且哪是什麼歌聲啊……簡直嘔啞嘈雜的難聽刺耳，而且那嘶吼彷彿自地獄傳來的令人膽寒，還越來越大聲！

費孜虹彎身拾起她的木條，羅家妮走到牆邊掩起雙耳，這是哪門子的歌聲？為什麼會唱得這麼難聽……甚至，根本聽不懂她的歌詞啊！

歌聲難聽到大家都起雞皮疙瘩，黎昀達很想攀著牆垣往上看到底誰在唱，這種歌聲拜託不要高歌好嗎？才在想著，卻突然覺得那聲音好像……越來越近了？

近？這是很奇妙的想法，但不只是黎昀達，連費孜虹也感覺到聲音逼近，問題是如果那個女孩在頂樓的話，能怎麼逼近？未免太不合理，除非她……

長髮是最先出現的。

血濡的長髮並不蓬鬆，自上頭垂了下來，緊接著是一顆變形的頭顱，倒吊著自三樓而下。

那速度慢得詭異，慢到所有人都有機會驚聲尖叫，慢到羅家妮驚恐地向後彈跳。還慢到那女孩可以伸出雙手，直接穿過羅家妮掩耳的手肘內空心，然後把她往外拖。

「啊呀——」羅家妮被抓住，身子跟著就要翻過牆去。

「哇哇哇哇！」費孜虹跳了起來，及時抓住羅家妮的外套。

一旁黎昀達飛快地上前，由後環住羅家妮的腰，只差一吋她整個就要被抓著翻過牆頭了！

拖。

「救我！救我——」羅家妮尖聲喊著，許慧菱跟賴家祥都上前幫忙，死命將她往後

但是似乎完全拖不動，盡三人之力，羅家妮依然卡在牆頭，強大的力量還是拽著她，難聽的歌聲變成怒吼嘶叫音，更加令人難受。

所以費孜虹鬆開手，她仿照羅家妮的姿勢，肚子靠著牆頭彎腰探出頭去，看著羅家妮的雙手下那掛在半空中的少女！

現在那少女仰著頭，七孔漫流的鮮血在唱歌，那模樣是跳樓身故的嗎？

「對不起！」費孜虹舉起右手，緊握著木條，「請不要傷害我同學！」

她左手緊抓著護欄，重擊上少女的手。

『呀——』她跟棒球少年不一樣，沒有怒氣，只是悲傷的轉過來，『我為什麼一定要說什麼？明明就不關我的事啊！』

聽不懂！費孜虹只是更使勁的敲著女孩的手骨。

過去的事她沒有參與，時代的悲劇太複雜，她不知道那段時間發生多少事，知道也干涉不了！

拜託你們！你們已經死了！

「快離開吧！」費孜虹再下一擊，直接拿尖端刺打女孩的眉心。

『我有沉默的權利啊啊啊————』女孩鬆開了手，雙手掩面，直直往下墜落，『啊啊————』

她在尖叫，分貝高到幾乎要穿破耳膜，黎昀達立即把羅家妮拖進走廊，每個人耳朵都痛到不得不掩耳，所有人驚恐地彎身或蹲下身子，耳邊是少女高分貝的慘叫，然後……整條走廊上的玻璃窗齊聲爆破！

鏘！

「哇呀————」在窗邊的李依霖嚇得跌坐在地，所有人都措手不及，感受到玻璃的噴濺。

砰！重物墜地音傳來，尖叫聲倏止。

蹲在牆邊的費孜虹顫抖著鬆開手，許慧菱的手機也因為掩耳所以落地，藉著殘餘的燈光，可以看見整條走廊的玻璃碎片……每一扇窗子都破了，無一倖免。

每個人的動作都變得遲緩，耳鳴得嚴重，賴家祥撐著身子站起，隨便後退都能踩到碎掉的玻璃；每個同學都呆望著彼此，在黑暗微弱的燈光中，嗅到恐懼的氣味。

『抓耙仔在哪裡！』驀地，最前頭的走廊那端出現眾多身影，『是誰告的密！』

這下子連思考跟討論都不必了，所有人即刻跳了起來，「走——」

賴家祥回身就往下狂奔，許慧菱機警地跟在他身後，左手不忘扯過一直發傻的李依霖，費孜虹緊握著木條卻是看向洗手間的門，她多希望陳淑琪現在可以走出來！

「陳淑琪！」她再呼喚。

「費孜虹！走了！」黎昀達催促著，但身後有人再度拉住他。

「等我！等……」羅家妮泣不成聲，這是自然，畢竟她剛剛差點就被拖著一起墜樓了啊！

所以黎昀達趕緊攙起她往前，費孜虹抹去淚水，不得不跟著一起跑。

樓梯間的足音紛沓，賴家祥跑得相當快速，許慧菱高喊著等等，二樓走廊上那些學生在後面怒吼，一直質問為什麼要害他們落此下場。

究竟那位方芮欣的「檢舉」，在當年造成什麼樣的腥風血雨啊！

「我們要去找後門！」許慧菱看著奔下的大家，「去紅樓！」

「還去？」黎昀達腰間圈了一個人實在很難行動，「羅家妮，妳手鬆一點行不行？」

「我不要！」羅家妮吼著，「我哪裡也不要去，我們不能回校長室嗎？那邊有神桌，神明會保護……」

「賴家祥！」李依霖突然自羅家妮眼前往前衝出，喚住要往穿堂去的賴家祥，「不要過去！停——」

賴家祥及時煞住腳步，他只差一步就要到穿堂了，說時遲那時快，一顆球居然從他鼻尖擦過，飛出外頭。

沒有擊棒聲……他在投球？

「先躲起來吧……我們……」羅家妮回身，朝費孜虹伸出手，「費孜虹，妳先去看看校長室能不能躲好不好？」

費孜虹被她拉到彎身，竟還點了點頭，「好，我去看……」

餘音未落，黎昀達倏地扣住她，同時嫌惡地看向羅家妮，「喂，妳太誇張了吧？什麼事都要別人先去涉險？」

羅家妮淚眼盈眶，不明白他的意思，「我……我只是想孜虹先……」

「沒關係，我先去幫她看一下……」費孜虹還想往前，立刻又被黎昀達往後拽。同時間，他使勁粗魯地扳開羅家妮的手，不客氣的讓她摔在階梯上。「呀呀……」只剩兩三階，羅家妮滑坐滾下。

「哪有這種事，都希望別人先做好好的！」黎昀達覺得太扯了，「我們要一起行動，我們要去紅樓那邊找出口！要不要去隨妳！」

羅家妮驚慌地伸長手要抓住黎昀達，他卻往旁邊跨了一步閃躲，不忘也把費孜虹一道拉得遠遠的，就怕被羅家妮抓住。

「黎昀達，你不要這樣，家妮她會怕……」費孜虹這會兒還在幫她說話。

「妳傻了嗎？做小跑腿做得太習慣了喔！她這麼自私妳看不出來嗎？」黎昀達不讓她多說，直接拉著她往賴家祥身邊去，「能出去嗎？」

跌坐在地的賴家祥冷汗直冒，回頭看著站在他後側的李依霖。

他才搖頭，遠方又傳來一聲清脆的擊棒聲——

「聽起來距離很遠！現在！」林友榮趕緊說著。

好！賴家祥立刻跳起來，握緊發汗的雙拳，「大家跑出去後直接往左邊衝，記住是左邊，但是要很小心，注意擊球聲，絕對不能被那個人的球打到。」

張漢辰就已經是個血淋淋的例子了！

「彎低身體，能閃就閃，千萬不要跑直線，全速衝刺！」黎昀達補充說明。

話一說完，他們一個個鼓足勇氣的依序向右彎，出了穿堂。

費孜虹還回頭想叫上羅家妮，黎昀達卻直接拉著她，不讓她有接觸羅家妮的機會……那個漂亮的女孩，那個他一直喜歡的女孩，現在留給他的只剩不耐與厭惡。

回想起來，那份明媚、那種眾人圍繞在她身邊的景況，其實就是她自私的展現。總是有人為她做事，遇到不確定或有問題的狀況就讓費孜虹先試，對待陳淑琪的態度也根本是欺凌輕侮，私下的口吻裡都是蔑視。

所以在飲料店前，陳淑琪會不情願地說她非來不可，因為她懼怕羅家妮。進入翠中後羅家妮對她的口吻從沒好過，這些在和平日子裡叫親暱玩笑，或者是撒嬌，但是在這種九死一生的前提下，就是個不沾雙手的自私鬼！

她從來不在乎費孜虹或是陳淑琪的生死，她們明明該是最好的朋友啊！

「啊啊……黎昀達！」羅家妮跪趴在地上，伸長手只能眼睜睜看著他們的背影，「孜虹！費孜虹──妳不可以扔下我！」

「她要跟就會跟上的！」黎昀達低吼著，衝出穿堂，雨聲隆隆，讓他分貝跟著大了起來。

如果要跟，她就該自己跟上，想要活命，就得靠自己，而不是永遠巴著他人，再推別人先試險。

「嗚……」一轉眼，羅家妮隻身跪趴在空蕩蕩的走廊上，她淚眼婆娑地看著消失的同學們，簡直不敢相信。「怎麼可以……他們怎麼可以扔下我！還說什麼好朋友！」

她吃力地攀著牆站起，她應該要快點追上他們……還是……視線放遠，校長室就在前方。

今天待在校長室時，不是都平安無事嗎？那邊還有神明桌，其他人是犯什麼蠢！安分的躲起來不就好……

吵……細微但明顯的聲音自左邊傳來，羅家妮繃緊神經的向左望去，手上的手機手電筒晃抖著，看著那摔在外頭地面的女孩撐著身子，搖搖晃晃站了起來。

她摔下來時鐵定骨折了，因為四肢扭曲變形，顱頂明顯是先著地的，就跟剛剛拉她翻牆一樣的向內凹陷，臉部因此變形迸裂，滿臉全是血，裂開的頭骨縫裡還汨汨流出不絕的鮮血。

這真的是很詭異的狀況，大雨傾盆，但不管在她身上倒上多少雨水，她的血都沒有因此減少……

『我……只是……』她邁開步伐，瞅著羅家妮，姿勢怪異的走來。

「哇啊啊！不要過來，我不是抓耙仔，我沒有檢舉誰！」羅家妮失控的大喊著，「妳已經死了很久了，快點去投胎好嗎！」

『我……想……』女孩伸長了手，哀怨的看著她，『唱……』

「走開啊！」羅家妮尖聲吼著，後退的背靠上門，她回身發現那是剛剛費孜虹曾去過的工具房，上面寫滿符文那間！

她不顧一切，慌亂地直接開門衝了進去！

用力關上門，求求妳……她不知道翠華中學發生過什麼事，不認識任何人，她不是方什麼欣的，她也沒有告密！

「一切都不關我的事！求求妳，放過我！」

第　週　生活週記　年　月　日

# 第六章

※掃描QR Code，進入回憶片段。

賴家祥衝出去前就指向兩點鐘方向的陳家豪，棒球少年方位所在，要大家留心；接著筆直的往左手邊紅色建築奔去；許慧菱調整呼吸，聽著驚人擊球聲，球從賴家祥身後飛去。

「不要停就是了。」李依霖說著完全沒說服力的話，他的腳抖到連走路都有困難。

許慧菱打量著他，「我們分開跑，不要跑在一起，不然一定會有人被擊中。」

就像剛剛如果她跑在賴家祥身後，說不定她的臉骨已經碎了。

不忍看著那趴在水裡的同學，張漢辰身上的血被沖刷得一乾二淨，他面朝地趴在雨水裡，這個角度看過去，除了知道他的頭有一部分殘缺外，其他看似完整。

「家妮沒跟上！」費孜虹慌亂地扣住黎昀達的手，「她沒辦法處理的！」

「費孜虹！」黎昀達怒吼著，「這種時候要自立自強！妳不能一直幫她擦屁股！」

他怎麼會喜歡那種女生啦！正歸正，但真的太差勁了！

「她就是不會啊！」費孜虹認真喊話，「家妮什麼都不會也不敢，如果不幫她的話……」

鏘，一記棒球聲勢驚人，所有人潛意識彎低身子，那球瞬間掃過許慧菱的頭頂。

「沒有時間了！」黎昀達大吼著，「說不定她反而會好好的，等我們找到路，再來找她！」

等我們……費孜虹不安地回身，如果家妮能躲在校長室的話，或許真的能躲過？一直以來羅家妮就是這樣的人，她什麼事都不敢也不喜歡負責，所以才讓她們先去做，這些她都無所謂，事情總要有人做嘛！

家妮人又不壞，對她也很好，朋友之間不就是互相幫忙嗎……只要她無所謂就好了啊。

「小心觸身球！」黎昀達喊著，鬆開費孜虹的手。

不能窩在一起，不要前後，他們四個一起衝，就能分散陳家豪的注意力……畢竟他一次只能擊一球，就不信準確度這麼高。

四個人影在大雨中狂奔，這雨真的大到打在身上都會痛。雖然他們之前全身已經溼透，也冷得發抖，不過再淋到雨的感覺還是不同，這些雨跟冰一樣低溫啊！

一邊留意著模糊身影的陳家豪，一邊又要注意他扔出的球，黎昀達覺得實在太困難，因為雨大到他根本睜不開眼，連前面的路都看不清，是要怎麼去防備那個能用棒球砸死人的少年！

眼尾瞥向應該在他數公尺外的女孩，但是……這距離也太遠了吧？

他驚愕的向右看去，費孜虹完全偏離了路線，她根本筆直朝陳家豪跑過去！

天哪！費孜虹到底在幹麼啦！而且她跑得超快的！

「她幹麼！」許慧菱也注意到，因為費孜虹直接超前了她……在兩點鐘、還距離十公尺以上的遠方。

「不知道，跑就對了！」李依霖只知道絕對不能停下腳步。

費孜虹直接往中間的司令台奔去，很快地就看見那個沒有半邊腦殼的少年，他依然盛怒難犯，轉動著球棒。

冷靜，費孜虹……關鍵時刻絕對不能慌。

她從外套口袋裡，拿出了一顆棒球……不知道這是打爛張漢辰頭顱的那顆，或是鑲在牆上的，這都無所謂。

費孜虹只知道緊握著球，停下腳步，與那少年遙遙對望。

這麼近，真的可以看見他殘缺的頭，又想起剛剛那個唱歌的女孩頭頂整個是凹裂的，這些都在在告訴她——他們真的不是人！

「給我一記全壘打吧！」費孜虹驀地扯開嗓子，指向陳家豪。

少年愣住，下一秒即刻擺出打擊姿勢，而已經奔進紅樓的賴家祥慌亂回身，就看見帥氣準備投球的身影，遠遠的在雨中。
那誰啊！為什麼會離那個少年鬼這麼近！
強而有力的球扔了出去，清脆的聲音傳來，少年擊出一顆又高又遠的球，球切開驚人的雨，朝著遠處越飛越遠……
「跑啊！這是全壘打！」費孜虹尖吼著，「快點跑啊！」
全壘打啊……陳家豪用僅存的眼看著在夜空裡飛揚的球，是啊，這是一記漂亮的全壘打耶！球會飛很遠，飛出界外……聽！
他看見周圍坐滿歡呼群眾們，隊員們大吼著快點跑——跑啊！
邁開步伐，陳家豪衝了出去。
他們隊上壘上都有人，看，歡呼聲不絕於耳，那球已經飛出了界外了！喔喔喔，他打出一記全壘打，他可以風光的跑！陳家豪高舉起雙手，接受著喝采，壘包上的隊員伸手與他互擊，他興奮的大吼起來！
『噢噢噢——』
在他轉身奔跑時，費孜虹同時也朝紅樓狂奔，他跑回本壘的時間已經足夠她進入紅樓了！

全壘打啊！陳家豪的世界晴空萬里，他們跟勁敵羽中的決賽，逆轉勝的四分，扳倒羽中！

教練在棚下對他微笑，隊友們衝過來興奮地大吼大叫，還集體把他舉起。

他只是想打球而已！陳家豪闔上眼，感受著自己被拋起來的愉悅，耳邊是欣喜若狂的歡呼聲。

他好喜歡打棒球，他純粹只是喜歡打球而已。

真的只是喜歡打球而已……

黎昀達張開雙臂，迎接衝進來的費孜虹，他知道她煞不住衝力，因為她是用盡全力衝刺，攔下她後即刻回身走下階梯，大家都已經進入紅樓廊內，紛紛躲在柱子後面躲藏。

賴家祥留了樓梯下來左手邊的柱子後方給他們，所以黎昀達抓著費孜虹即刻躲起來。

但操場上再沒有擊球聲，靜謐得令人覺得詭異，站不穩的費孜虹抓著黎昀達滑坐在地，她雙手抖得厲害，牙齒也在打顫。

「妳瘋了嗎？」黎昀達單膝跪地，不可思議的用氣音低吼，「妳在幹什麼！」

費孜虹喘著氣，淚如雨下卻看不出來，因為滿臉都是雨水。

「我……我想說他喜歡打球，讓他、讓他轟個全壘打……」她皺起眉，現在才想起來才害怕。

她剛剛離那陳家豪好近，近到說不定他不需要擊球，用球棒就能把她打成肉泥啊！怎麼現在才想到！

「費孜虹……費孜虹！」黎昀達聽出她的哽咽，還有真的抖到太嚴重的四肢，趕緊伸手握住她的手，「沒事了！現在沒事了……深呼吸，喂，妳看著我，妳不是一直很冷靜嗎？」

「我、我沒沒沒沒有啊……」她哽咽地看向他，「我怕怕怕、死了！我只是一定要分心，我一定要……」

她盯著地板三秒，突然嗚咽迸出哭聲，「淑琪……為什麼沒有救她，我為什麼離開廁所！」

感覺最冷靜的人突然失控，右手邊柱後的許慧菱趕緊對黎昀達比了個擁抱手勢，哭泣的妹現在需要正向鼓勵好嗎！呆頭！

這……這樣對嗎？黎昀達一臉慌張，結果連李依霖跟賴家祥都催促著，先抱住她安慰一下啊！不管怎樣，她剛剛可是正面面對那個凶殘的棒球社員啊！

黎昀達尷尬萬分，但還是環住雙肩都在發抖的女孩。

費孜虹咬著唇哭，不敢哭太大聲，卻在被擁抱時埋進他肩頭，抓住他的衣服低泣。

操場上變得極為安靜，除了雨聲外沒有再多餘的聲音，而且棒球社的燈光也沒有再亮起，紅樓的一樓走廊漆黑且靜寂。

賴家祥張望著，他突然覺得少了一個人。

「林友榮呢？」他用氣音吼著，「他剛剛跑在我後面有看見嗎？」

許慧菱這才回神，緊張地張望著，對啊，林友榮呢？賴家祥身邊沒有別人，但再往左這個柱子後是她跟李依霖，再過去是黎昀達跟費孜虹，人呢？

喀，細微的聲音來自賴家祥正前方，他警戒地蹲下身子，打開手機，不開手電筒，只是藉由冷光照明。

微弱的燈還是有一定的能見度，至少他看見他正前方某社團辦公室的門開了一小縫，而門縫裡有東西卡在那兒。

一顆小小的頭，長睫毛的眼睛看著許慧菱的方向，她原本嚇了一跳，但定神一瞧……是戲偶。

「娃娃。」她用氣音說著，但看不清楚。

「蠟燭。」李依霖提醒著，不想用手機的話，費孜虹的蠟燭的確是最佳物品。

費孜虹的雙手被包握在黎昀達冰冷的掌心間，她還是在發抖，只是沒有剛剛雙腳顫抖得這麼嚴重；再恐懼，也感受得到這邊的詭異氣氛，黎昀達皺起眉轉向自己後方探看，真的少了一個人。

賴家祥兀自處理自己的蠟燭，李依霖也跟著找東西黏好蠟燭，兩個人的蠟燭雙雙點燃，終於有了一絲亮光；許慧菱依然討厭古老的東西，只想用手機手電筒，反正她帶了行動電源在身上所以沒在怕。

她伏低身子跑到費孜虹身邊，她剛剛把木條收進書包裡了，重新拿出，再將蠟燭固定在上方。

「妳真的很強耶！居然想到朝他丟球？」許慧菱趁隙奔到費孜虹身邊，「我看你們距離很遠啊，你不怕他揮棒落空嗎？」

費孜虹稍微平息，「我、我是壘球社的……」

基本臂力還是有的啊！

壘球社？黎昀達跟許慧菱都愣愣的看著她，這甜美的日系風女孩，一點都沒有運動員的模樣啊，她看起來很纖細耶！

肌肉都藏在哪裡啦！難怪她剛剛可以輕而易舉接住張漢辰丟過去的筆筒！

「林友榮躲進那個社團裡嗎？」黎昀達指向賴家祥面前的社團，燭火照亮了走廊，也照亮社團的牌匾：布袋戲社。

啊啊！賴家祥趨前彎身拾起那戲偶，從門縫裡抽出，果然是個布袋戲偶……臉部雖然已經掉漆，但還是看得出當年的精緻。

「林友榮！」賴家祥在外面喊著。

裡面沒聲音，就怕人躲在裡面直打哆嗦卻掩耳閉眼，以為遮去五感就相安無事了。

但他能躲一夜，躲藏的功夫也是很強。

「進去看看吧。」許慧菱擰著眉，緊張的往裡頭張望。

「嗯，我想順便看看有沒有繩子或其他利器。」賴家祥喃喃說著，如果有大型工具就更好了。

例如鋸子斧頭，他覺得防身的凶器越強越安心，而且萬一後門被封住……他想得很遠，所以需要的用品更多。

費孜虹平復心情後，重新振作，手裡握著木條的一端，另一端已燃著蠟燭。黎昀達尚未拿出自己的蠟燭，同時消耗也不是好事。

賴家祥他們小心地推開卡卡的門，蠟燭往裡頭照去，一邊呼喚著林友榮一邊探看。裡面架子頗多，往他們走去的費孜虹卻不由得停下腳步，看著布袋戲社隔壁的校刊社。

當年這麼大的事件，地下社團讀書會被檢舉，校刊社會否有詳實的記載？

「想進去看看有什麼嗎？」黎昀達現在已經非常能猜她的心思了，「如果有相關資料留下的話，妳覺得或許有可以讓我們出去的方法：例如，解開翠中學生的心結。」

費孜虹抬起頭看著他，溼漉漉的臉還能綻開笑容，「你好厲害喔！」

「我不想這麼厲害，唉。」黎昀達動手把她往後拉了一大步，謹慎左顧右盼後才準備開門，「說好，就三分鐘。」

其實費孜虹想得並非沒有道理，現在出現的學生都沉浸在當年的讀書會事件，如果不能消解他們的怨念，只怕他們還會繼續不分族類地攻擊。

他們究竟想找誰？方芮欣？那個女生若活著現在都幾十歲了啊！

燭光往裡面照耀，果然是校刊社，只有桌椅跟一堆櫃子，不過架子上完全沒有殘餘的東西。

黎昀達正要進去前，卻見右邊奔來一個熟悉的身影，林友榮腳步輕快地朝他們跑來！

「呼……呼，」林友榮指向奔來的方向，「我剛跑去看了，隔壁是個中庭，再過去是日式建築……但那邊實在太黑了！連路都看不清楚，也不知道那棟是什麼，感覺過去很危險！」

「你跑哪裡去了啊？」黎昀達也不敢太大聲，「大家還以為你躲進布袋戲社裡了！」

「嗄？」林友榮錯愕地轉向隔壁社團，「我沒有啊！」

費孜虹微蹙著眉，「……那你去跟他們說一聲吧！」

抬起頭，她很想進去所謂的校刊社一窺究竟。

「啊，校刊社啊！」林友榮好奇地也往裡頭張望，「東西還在嗎？」

「不知道，因為方芮欣檢舉讀書會的存在，想看看校刊的記載。」黎昀達已經踏了進去，這就只是間迷你教室，真的什麼都沒有。

「是啊，但她的無心之過，卻不知道連累多少人……」林友榮嘆了口氣，「因為她不知道真的有反叛分子的存在，卻牽連出整個讀書會……甚至包含更多無辜分子。」

「反叛分子啊……哇。」費孜虹皺著眉在原地繞了一圈，架子下的櫃子抽屜也空無一物，這裡真的什麼都沒剩下。

「那個……」林友榮口吻帶著點困惑，「我可以請問一下嗎？不是還有個漂亮女生？」

他不知道羅家妮沒跟上來，人呢？

◆

救命！

羅家妮躲在極為窄小的空間裡，她剛剛躲進鐵櫃裡，把整個人蜷成一團，誰叫那個女的竟站在外面唱歌！嘔啞嘈雜難為聽，每一句話都像針一般刺得她耳膜疼！

羅家妮雙手抱頭緊閉著雙眼，她覺得這一切一定是夢，夢醒來後就不會有事了……對！是夢。

他們只是好奇來到這棟拆除在即的學校而已，現在應該已經回到家，不管看電視打電動都好，就是不該困在這個莫名其妙的廢墟學校裡！

好可怕好可怕，為什麼會發生這種事！

那些學生都不是人！而且還殺了張漢辰！這是為什麼？他們沒有害人啊！

四周一片漆黑，她屁股下坐著稍早之前貼在這櫃子牆邊的明星畫報，她剛嚇得躲進來後，那個跳樓自殺的女生便逼近走廊，她找不到地方躲，情急之下就躲進櫃子裡。

那個唱歌的女生似乎離開了？她再沒有聽見聲音，可是外面走廊上一直有來來回回的腳步聲，她知道的……那不是同學的聲音！他們把她丟下來，自己逃生去了！

費孜虹怎麼可以丟下她！太過分了……還有黎昀達，他是來找她告白的不是嗎？她太知道男生了，有事找她，靦腆的笑與緋紅的臉，都代表他的緊張，既然喜歡她，怎麼可以丟下他？

他不是說要保護她的嗎？卻扳開她的手，拉著費孜虹跑了！

她又氣又懼，好想哭但不敢哭出聲，羅家妮戰戰兢兢的略微抬頭，這櫃子裡也沒多少空間讓她移動，她只慶幸天生骨頭軟，才能塞在這麼小的地方。

他們不知道怎麼了？如果找到後門的話，應該會回來找她吧？她知道無論如何，費孜虹都一定會回來找她的，她就是那樣不計較又熱心的女生，不然她找她做朋友做什麼？

朋友本來就是互補！她討厭去涉險、討厭扛責任跑第一線，費孜虹總是不在乎，再不濟也可以推陳淑琪出去……可是現在，嗚嗚，為什麼剩她一個人了？

嗚……她想回家，她好想回家……

嚓，有人開了門。

羅家妮倏地緊繃身子，那確是有人輕推開木門的聲音，可能因為年代太久，門板因為潮溼變形，開關門時都會有這種摩擦音。

她瞪圓雙眼，緊緊圈著自己的雙腳，誰？費孜虹？還是黎昀達嗎？他們回來了？

她把鼻子埋進雙腿間，屏氣凝神不敢輕舉妄動，咬著唇也不敢出聲，拜託不要是那、個，不是她告的密，她不是翠中的人啊！這一切都不關她的事，全然不關她的事！

瑟縮在櫃子裡的羅家妮怕得要命，但是她聽得見雨聲比剛剛更大了，門的確已被打開，也或者是……風把門吹開的？不，不可能，她剛剛確實把門緊緊闔上了不是嗎？

『有的人總是以為默不作聲就沒事了。』

喝！外頭突然傳來說話聲，她嚇得差點尖叫，那聲音超近，根本就在櫃門外！

『我也這麼以為……事實上明明就不關我的事啊！為什麼我一定要關心？為什麼我一定要幫誰說話？』是女生的聲音，很輕柔但是卻盈滿哽咽與委屈，『讀書會的事情、張老師的身分都跟我沒有關係！我為什麼不能選擇視而不見！』

天哪！羅家妮嚇得快尖叫了，那聲音就在櫃子外面！她就在外面！

滾開！走開啊，她又不認識任何一個學生！那女生在說什麼她也一句話都聽不懂啊！

『紙條又不是我埋的，我們都知道何曉晴不可能有問題，最後一定能證明她的清白的不是嗎？』女孩抽抽噎噎的繼續說著，『我為什麼一定要說！如果我說的話，變成我也有嫌疑怎麼辦！』

聽不懂聽不懂！拜託妳滾！滾開！說了這麼多，也都不關她的事啊！

『為什麼這樣子就要反過來陷害我……為什麼！』砰的一聲，有人從外頭搥了櫃子，羅家妮嚇得掩嘴，『我只是想去國外留學，我沒有逃亡的意圖，我沒有——為什麼不幫我說話！』

廢話！前面說了這麼多，妳沒幫別人說話就可以，那別人為什麼要幫妳？這是風水輪流轉的事情啊！

天哪，走開走開！冤有頭債有主，不管你們在這裡曾發生過什麼事，都不是她害的啊！

唰啦——櫃子門猛然地被拉開，羅家妮措手不及，只能瞪圓雙眼看著門的驟然開啟！

「哇啊！」她忍不住尖叫，旋即又驚恐地摀住嘴。

黑暗的房間裡，透著外頭微弱無比的光，她只能勉強看見有個影子蹲在櫃子前。手機就在腿上，手電筒是開著的，只是燈光刻意壓著大腿，她只要轉、轉一下手機就可以了……

『妳也以為，躲起來就沒事了嗎？』

咦？她飛快地翻轉手機，刺眼的燈光頓時照亮了櫃子裡與外面的……的……是個七孔流血、顱面下凹的女孩！

「哇啊——哇呀呀——」羅家妮放聲尖叫著，急著要把櫃子再關起來，「我不認識妳！」

咚！女孩隻手抵住了櫃子門，輕而易舉的阻止羅家妮，也瞬間用那頭破血流的樣貌逼近她。人就塞在櫃子門口，羅家妮退無可退，只能看著鼻尖前的破裂頭顱發抖。

『他們說，那叫自私。』女孩瞪大著因跳樓而有些凸出的眼珠，『叫活該。』

羅家妮顫著身子搖頭，不知道……為什麼要對著她說！

『什麼事都叫別人去做，因為壞事都不關妳的事……』女孩笑了起來，連牙齒都被血染紅了，『妳怎麼可以這樣呢？』

不不不！羅家妮搖頭搖得更激烈了，她在說什麼啊！

『妳應該要感到愧疚的喔。』女孩用悲傷的眼神看著她。

然後，她又笑了。

「走……走開呀──」羅家妮崩潰的尖叫，雙手往女孩一推，想要推開她爬出櫃子外。

可她推不動，女孩扣住櫃門的手始終沒鬆過，她文風不動的蹲在外面，羅家妮再如何拚命都推不動她。

『我們這種人，怎麼可能苟活呢？』女孩流下血紅的淚水，大笑起來，『絕對不可以──』

陌生的女孩鬆開扣住櫃子的手，直接推得羅家妮的左肩頭往櫃子裡撞去。

砰磅……她的身體撞上櫃子底端的聲音中，還帶著只有她自己才聽見的碎裂聲。

她肩胛骨碎開的聲音。

「啊啊……哎──」劇痛在下一秒傳來，羅家妮痛得慘叫出聲。

但她來不及換氣，那女孩竟鑽進櫃子裡……女孩把她往櫃子角落裡塞去，用力死命的塞，多餘的地方就折斷，不夠柔軟的地方就敲碎。

她們都是一路人啊……漠視著一切，自私自利的人。

「哇呀——啊——」淒厲無比的慘叫在那窄小的鐵櫃裡傳來，起先還有零星的掙扎碰撞聲，也很快地淹沒在淒絕的慘叫裡。

最後，傳出的是悠揚的歌聲，不是那種刺耳的鬼哭神號，而是極其柔美的嗓音。

帶著後悔、愧疚與哭泣，伴隨著痛楚的哀鳴，還有外頭不止的滂沱大雨，這是場只屬於翠華中學的交響樂。

送葬曲。

第　週　生活週記　年　月　日

# 第七章

※掃描QR Code，進入回憶片段。

「羅家妮沒跟來，她應該在校舍那邊找地方躲起來了。」提起羅家妮，費孜虹就開始不安，「我想她應該沒事……吧……」

黎昀達沒有很想提起羅家妮，他環顧空蕩蕩的校刊社，「這裡什麼都沒有，我們出去吧！」

「校刊也算一個學校歷史的紀錄，說不定早就被帶走了。」林友榮皺眉，「妳想要翠中的校刊嗎？」

「不知道。」費孜虹聳了聳肩，她自己也不知道想找什麼，「我只是有點想知道讀書會的事，方芮欣究竟檢舉誰，我以為這邊會有點線索……」

「校刊社啊……的確會記載喔，但是看樣子所有東西都被搬空了。」林友榮搔搔頭，「流傳中，事件起因是讀書會的閱讀書單中，有政府明言規定不可閱讀的書。」

費孜虹跟黎昀達其實不是很明白這個定義，「如果是禁書的話……那去哪裡拿這種書啊？圖書館借嗎？」

林友榮笑了起來，有點無力，「那個時候怎麼可能啦！就是違法才會有後面的事啊，其實那些書很不錯，對求知若渴的學生而言，那些愛國忠誠、單一思想的書籍未免枯燥乏味。他們一心想大量閱讀，以期擁有更多元化的知識與思想。」他聳聳肩，

「大家偷偷看也沒什麼，每個人都因為豐富的閱讀燃起理想與抱負，想為這個國家做點事、讓國家更好……問題出在被檢舉了。」

「世上沒有不透風的牆，再隱密還是被告發了厚……」費孜虹無奈極了，「所以方芮欣也是讀書會的嗎？」

林友榮搖了搖頭，「這就是最關鍵的……」

喀砰！隔壁突然傳來碰撞聲，兩個社團間的隔牆像是被人劇烈撞擊而震動，在燭火下可以看到落下一大片的灰塵。

「咳咳咳！」大家匆匆掩鼻，急忙衝出空無一物的校刊社！

黎昀達直接跑進隔壁，卻在門口止步，「哇！好黑……賴家祥？李依霖？許慧菱！」

他們三個人不是點了兩盞蠟燭？怎麼隔壁社團會黑成這樣？費孜虹小心持著蠟燭走來，藉由她的燭光才照亮隔壁社團。

布袋戲社比校刊社還大，中間有張完好的桌子，四周的牆上全釘有架子，架上擺著些許戲偶，或正或倒，但是就是沒有人！

「怎麼……」費孜虹不解地高舉蠟燭，「許慧菱？李依霖！」

單一社團中沒有隔間，他們能到哪邊……咦？她瞇起眼，看見天花板與牆的縫隙中，似乎有一絲什麼在發光！

二話不說，她直接走了進去，仰著頭追著那反光的東西跑，黎昀達緊張跟上，不忘回頭叫林友榮守著門別進來，務必保持門的敞開。

沒走兩步，反光的東西不見了，費孜虹失望的啊了一聲。

「怎麼……到哪裡去了！」

「喂，妳是在找小強嗎？」黎昀達不停揮拍著落下的灰塵，這裡的灰塵年紀只怕都比他大吧。

「我好像看到什麼發光的東西……像線。」費孜虹指著上方，「會飄，細細的一條但會反光，從天花板跟牆的連結處往上飄。」

「……」要不是空氣很糟，黎昀達現在應該會倒抽一口氣，「妳眼力真好。」

布袋戲社跟隔壁的校刊社一樣大，社團裡倒是不空曠，架子上擺放著精細的布袋戲偶，雖因年代導致生了灰塵，臉上的漆斑駁花掉，或是衣服陳舊，可是依然可以看出當時精細彩繪的功夫。

而最令人在意的，是幾尊鎖在玻璃櫃子裡的戲偶。

不受光陰與灰塵侵染，好整以暇的被擺放在那櫃子裡，以優美的姿態矗立在那兒，眼角眉稍盡是風情流轉，身上的衣著更是精細刺繡。可以想見當年這幾尊戲偶的珍貴與價值，不管怎麼，主人一定很珍視他們。

玻璃櫃是上鎖的，雖然是古早時簡單的鎖，依然可以看出戲偶的重要，玻璃櫃門上卡了幾張已經泛黃不清的照片與報紙，一旁牆上還有用圖釘釘著的報導。

「鐘仁……」黎昀達湊近看，但油墨褪色得太嚴重，「布袋戲社演出獲得好評……翠中布袋戲贏得……內文幾乎都看不清了啊！」

「布袋戲社嗎？」費孜虹對布袋戲是陌生的，「那個時代的布袋戲社感覺蓬勃發展呢！」

「鐘仁斌嗎？」守在門邊的林友榮好奇地問，「是不是講布袋戲社獲獎那個？」

「呃……」黎昀達轉向左邊的他，無奈極了，「看不清楚了。」

「應該是吧，他是有名的布袋戲操偶師喔！家學淵源，他父親是福建有名的布袋戲大師，後來一起撤退過來，從小耳濡目染因此非常厲害，一直都是受矚目的焦點。」林友榮指著玻璃上的照片跟報導，「這不只是翠中，我們鄉裡的歷史活動都有記載，曾被譽為操偶天才！」

「所以才有這樣的專屬櫃子啊！」費孜虹大致瞭解，「感覺是好厲害的人……可是……」

「這麼珍惜，為什麼這些戲偶還放在這裡？」這才是黎昀達最大的疑問，就算不是像隔壁一樣空蕩蕩，戲偶也不該數十年白擱在這兒啊！

費孜虹蠟燭移近幾尊外面的戲偶，他們同時都看著左側的方向，手是舉起的，輕輕移開袖子，卻見他們的右手……不見了。

「而且戲偶被破壞了耶，這尊……這尊也是，右手被切斷了。」

咦？黎昀達湊近一瞧，真的是被刻意破壞的，因為那手不像是摔斷，而是有平整的切割痕跡。

「右手嗎……」林友榮微皺起眉，「可能是因為他出事後，手指有受傷，似乎是被折斷的關係吧。」

什麼？兩人倏地朝他看去，「手指被折斷？」

「嗯，他是布袋戲大師的孩子，自然熱愛布袋戲，但是喜歡傳統的文化，不是……」林友榮低沉的嘆氣，「那個年代，就是要演愛國題材啊！」

「布袋戲演愛國題材喔……」黎昀達怎麼想覺得有點怪。

林友榮再度不安的左顧右盼，留意著外面的動靜。

「因為他很厲害，所以校慶或比賽時大家都仰仗他，結果他不顧反對演出傳統題材，聽說當時惹毛布袋戲社長。」林友榮嚥了口口水，「欸，你們要不要出來了？我一個人在外面有點怕……」

「他不是社長啊？」費孜虹小嘴張成O字型。「我還以為他是耶！」

「不是社長的話會不會太傲了一點？」黎昀達思考著，「演出交給他、又被稱作天才，大家都很推崇，感覺有點惹人厭！」

他用常理去想，至少如果他在那個團體中，應該不會太爽——萬一如果他又是社長的話，那就更不爽了。

「嗯，就是這樣。」林友榮望著玻璃櫃，「所以事件發生後，其他社員就檢舉說他那次的校慶公演題材牽扯到社會主義，而且不顧社長反對還堅持演出，可見反抗校方具反叛心，導致他後來也被逮捕……咦？」

林友榮突然驚恐地往右看，下一秒緊張的溜進布袋戲社。

黎昀達趕緊上前，就怕門突然關上地抵住門緣，「你幹什麼？」

「有聲音！」林友榮緊張地往旁邊縮，「那邊、那邊有奇怪的聲音！」

他發抖的手指的是中庭的方向。

在裡面的他們聽不到，費孜虹也擎著蠟燭趕緊往門口……嗯？她緩下腳步，慢慢地轉過頭，朝右手邊架上的戲偶看去。

「費孜虹，走了！」黎昀達用氣音回頭吆喝。

「那個……」她皺著眉，疑惑地望著戲偶，「他們剛剛的頭是擺正的嗎？」

黎昀達背脊一僵，繃緊神經轉過半身。費孜虹右手邊架上的戲偶，剛剛他才檢視過斷手的那幾尊，他們原本是向著左方，斜斜的像仰望社團內部一樣。

而手擺的姿勢則是左手上，右手略下，有點像歌仔戲的動作。

但是現在，他們個個抬頭面對著費孜虹，左手已經放下了。

「好怪喔！」費孜虹認真的思考著，「剛剛明明……」

說著，她的食指朝前想去觸摸那尊戲偶。

喀……喀喀……戲偶突然優雅地抬起頭，那帶著風情的雙眼向上看著她。

費孜虹是瞬間僵住的，她瞪直雙眼看著戲偶們同步的抬頭，那眼神哪是看！那是瞪啊！

黎昀達跟林友榮也完全不敢動彈，他們眼尾瞥著就近的玻璃櫃裡，裡面那精細的戲偶甚至幽幽的從左邊慢慢的轉向右邊，也注視著他們。

「該……該走了吧？」林友榮嗚咽的問著。

「費孜虹！」黎昀達驀的地大吼，同時林友榮奪門而出，黎昀達向後退，跨出布袋戲社的大門，費孜虹立即筆直朝他衝去，伸長手握住他！

布袋戲所有的戲偶正正緩慢轉著頭，架子上所有的戲偶紛紛看向門口。

媽呀！黎昀達不忘使勁把那木門給關上——剛剛為什麼門會開一條縫，那卡在門邊的木偶不是被誰碰掉的，這是他自己走出來的啊！

「沒有鎖……居然沒鎖。」黎昀達邊說，一邊緊握著費孜虹向後扯，「他們真的在動對吧！」

費孜虹拚命點頭，臉色死白，「他們還瞪我！」

三個人在外頭驚魂未定，但是林友榮又立刻緊張地直起身子，看向中庭的方向……聽！噠……咯，噠達，真的有種詭異聲音在響著。

有點節奏感，噠噠響著。

黎昀達蹙起眉，撐著雙膝也回過頭，他也聽見了……這是什麼聲響？敲擊？不像，是點狀音，噠、噠、噠。

們。

「那是什麼？」費孜虹也聽見了，不安的看著黎昀達。

再多的問題，也不如親自去一探究竟來的好。

尤其，黎昀達握緊拳頭，他們沒忘記，布袋戲社逛了一輪，都沒有看見賴家祥他們。

三個進入布袋戲社的同學，居然就這樣不見了……說不定其實那是他們發出的聲音，賴家祥說了，後門應該在另一端角落。

只是走了為什麼不通知一聲？

「會是賴家祥嗎？」費孜虹一邊走，一邊問著。

沒人知道，林友榮走得很緩慢，他多想躲在後面，但躲在女生後面讓他遲疑，只能邊走邊瞄著黎昀達，盡可能同步吧。

黎昀達看著他，大概一天沒吃吧，林友榮看起來很累，身體看上去挺虛弱的，加上剛剛淋了雨，臉色更難看了。

「你還好吧？」他忍不住問。

「……嗯！」林友榮勉強點點頭，雖然以環境來說很糟，但是也只能這樣回應。

沒有人想再進入任何一間社團辦公室，他們甚至潛意識地靠外側行走，朝著中庭方向步去。雨勢仍舊很大，沒有停止的跡象，甚至……費孜虹說不上來那詭異的感覺，她覺得雨勢好像一直都一樣大。

漆黑的中庭根本什麼都瞧不見，能見度是隨著費孜虹的燭光而定。還沒到走廊末端，他們就看見巨大的身影，彷彿在跳舞一般，人影映在地上，手舞足蹈。

一個……不，兩個人，姿勢如同牽線傀儡，詭異得讓人——黎昀達倒抽一口氣，驚愕地不敢相信！

「賴家祥！許慧菱！」他失控地喊出聲，因為那在中庭裡以扭曲姿勢跳舞的人，真的是他們同學！

一男一女，他們身上的關節被某種東西刺穿後控制，上頭繫著銀線……費孜虹舉高蠟燭，發現那就是剛剛她在布袋戲社裡看見的絲線！

「那個……就是那個線，操偶線嗎？」她嚥口口水，「不夠亮，黎昀達，你的蠟燭！」

黎昀達直接拿出手機，都什麼時候了還蠟燭！LED手電筒刺眼地照上同學的身子。賴家祥與許慧菱痛苦的閉眼歪頭，巨大的身影映在後面地上，他們擺放著怪異的姿勢，而身上的線卻往上延伸在半空中，隱沒在大雨中。

黎昀達心頭一緊，「那是、那是雨傘嗎？」

他定神瞧著刺穿同學關節的東西，銀色的放射狀物品在他們背後，一根根鐵架刺穿了他們的關節，再往上扳彎固定，那不就是傘架嗎？

是他們第一次去探查時帶的傘嗎？仔細回想，張漢辰被棒球攻擊，他們狂奔回校舍時，沒有一個人手上有傘了！

「……不要再跳了！好痛！」許慧菱喊了出聲，「住手！」

她被迫跳舞，每一個移動都只是帶給她痛楚而已。

『這世界上每個人都是傀儡啊，沒有人有資格過自己想過的生活，演想演的劇碼！你們不懂嗎？』在黑暗中，緩緩走出臉色蒼白的少年，他穿著翠華中學的制服，不意外的應該也不是活人。

尤其他頸子上有深刻的勒痕，繩圈還繫在上頭咧，加上頸骨折斷而歪斜的頭顱，鐵定不是人。

但他的手上有著交叉狀的木片或竹片，竹片頂端各繫著繩子，繩下是兩尊木雕傀儡，左右手各操控一隻，動作與賴家祥及許慧菱根本同步。

「……鐘仁斌？」黎昀達直覺是這個名字。

『大家都是傀儡，每個人都身不由己，感覺到了嗎……嘻……』他靈巧的操控著手上傀儡，賴家祥跟許慧菱立刻跟著舞動，痛苦的低吼。

「好痛……住手！我不想動！」賴家祥氣急敗壞喊著。

「那個、那個……」費孜虹趕緊趨前一點，「為什麼要操控我同學……他們很痛耶！」

鐘仁斌停下動作，瞥了她一眼，費孜虹緊張地縮起身子。

『如果別人可以這樣操控我，我也這樣操控別人啊……嘿……』鐘仁斌專注的看著手上兩尊簡易傀儡。『想想一個方芮欣，操控多少人的人生啊──』

又是方芮欣！黎昀達深刻地感受到當年的事件究竟牽扯多廣了……他暗暗回頭瞥向林友榮，悄悄地要他退後一點，不要離他們太近，可以的話，應該找個地方躲藏。

而且，他看見中庭另一端，那日式建築昏暗的走廊裡，還有張擔憂的臉──李依霖！

果然，那小子閃躲的速度一向很快啊！李依霖躲在柱子後，偷偷的朝他們招手，來吧！過來這裡！

說得容易，這中庭這麼大，這邊布袋戲先生擋著，再過去有銅像有乾枯的花圃，還得繞半個圓才能到那個走廊耶！更別說，賴家祥跟許慧菱現在在布袋戲先生他手上啊！

「那不是我們的錯！也不是誰的錯……」費孜虹勉強掛上笑容，「可以先放過我同……」

『是每個人的錯！』鐘仁斌倏然凶狠地瞪著她，『都是抓耙仔的錯，一個告密者，可以殺掉很多人的！』

又來！費孜虹聽得頭都痛了，他們真的不知道翠華中學已經毀很久了嗎？那位方芮欣現在應該都是阿嬤年紀，搞不好根本不在世上了！

「那也不是我同學害的嘛！」費孜虹溫婉說著，「你這樣根本是遷怒？」

『有人背叛了。』鐘仁斌沉著聲，冷冷說著，『檢舉的抓耙仔。』

咦？費孜虹一怔，迎視著那冰冷怨忿的眼神。

「別跟他說太多了，他們完全鬼打牆。」黎昀達俯頭低語，「被牽扯得不爽，而且妳看，他應該是自……殺的。」

這明眼人應該都知道，繩子都還在脖子上，但以免是「被自殺」，黎昀達還是下意識看向林友榮，他點頭如搗蒜；當年備受矚目的操偶二代，最後選擇上吊自盡。

「又一個……」費孜虹忍不住唸著，前面有跳樓自殺的，現在這邊又一個上吊，翠中自殺的學生也太多。

『不讓我演布袋戲，那我們來演傀儡戲吧，讓我為大家表演一齣好戲……嘻嘻……嘿嘿嘿……』鐘仁斌不停得意笑著，因為上吊的原因，所以氣管跟著扁掉，聲音有些細微，『來，就位！』

「啊啊……」他的就位迫使兩個學生疼痛異常，他們被拉開，被迫走路，一切行動均是身不由己。

『張老師，你為什麼最近都不理我！』許慧菱倏地轉向賴家祥，咬著牙忍疼，聲音都來自鐘仁斌的配音，『我做錯什麼了嗎？』

『沒有。』賴家祥的動作只是擺手，黎昀達都可以看見他緊皺起眉心。

『可是……你是不是不喜歡我了？』許慧菱雙手交握，做出小女孩的樣子，她的眼神痛到想殺人似的，『我看你好像、好像跟殷老師走得很近。』

賴家祥倏地轉頭，『不要亂想……我跟殷老師之間只是同事而已！我只是覺得我們這樣並不妥當，妳是學生，我是老師啊，方芮欣！』

方芮欣？黎昀達跟費孜虹同時震顫身子，許慧菱扮演的是方芮欣？

動。

林友榮悄悄戳著黎昀達，指向遠處的李依霖，他默默點頭，表示林友榮可伺機而動。

鐘仁斌粗暴地撤掉其中一具戲偶拉到身後，賴家祥就跟著被拽著在原地轉了半圈，速度快到腳不點地，而他痛得抽著氣。

外場就剩下許慧菱一個人，頭被迫向下低著，費孜虹聽見她說了聲幹。

『都是殷老師害的，她是不是也喜歡張老師……』許慧菱來回蹬步，這樣的動作可以想見有多痛。『如果殷老師不在的話就好了……她不在的話……』

「呀——不要再讓我走了！」許慧菱忍無可忍的大吼，但下一秒，鐘仁斌直接拎起戲偶在半空中狂甩，折磨他們。「哇啊啊！哇！」

甩盪的後果就是每個關節使勁在空中亂揮，這根本是徒增痛楚！

「好了好了！」賴家祥哀號求饒。

鐘仁斌臉上浮現出得意，那是種掌控他人生死的病態笑顏，聽見告饒聲後才停止甩動傀儡的舉動。

緊接著賴家祥半拖曳的回到許慧菱身邊，兩個人身子都不穩當的晃動著。

『魏仲廷，你要去讀書會嗎？你們最近在唸什麼書啊？』許慧菱做出像撒嬌求情的姿勢，靠近賴家祥。『你不是殷老師的小幫手嗎？書單可以借我看看嗎？』

賴家祥轉向許慧菱，右手做出遞物品的姿勢，『報告學姊，沒問題……偷偷給妳看喔，但事關重大，請小心喔！』

他們瞬間又被拉開，許慧菱背對賴家祥，雙手被迫交疊著，『這是禁書啊，殷老師居然在讀書會提供禁書？我只要跟教官說，她就一定會離開學校了……這樣張老師就只會跟我在一起了！』

什麼東西……費孜虹有點困惑，「這是師生戀嗎？方芮欣喜歡那個叫張老師的，所以要把另一個殷老師弄走？」

「所以那個殷老師也是讀書會的老師，禁書事件——就是當年的翠中事故！」黎昀達回頭想要求證，卻發現身後沒人了！

咦咦！好樣的！他動作不敢太大，試著往日式建築那兒瞟去，林友榮已經跑去李依霖那邊了嗎？

『白教官，這是之前跟你提到的書單，我從殷老師那邊看到的，她提供禁書給讀書會閱讀！』許慧菱向著左方的空氣高喊，下一秒立刻轉向右邊，『張老師……你……沒想到你也是讀書會的人？禁書是你拿給殷老師的？為什麼！』

賴家祥默默站著，沒說話，只是看著她。

『不……不是我的錯！』許慧菱的雙手彎起，掩面，『我不知道會這樣，張老師……魏仲廷……大家都——』

『都被方芮欣害慘了——』下一句話，來自鐘仁斌出自肺腑的咆哮，『我們每一個人，都因為她的檢舉，毀了人生！』

哇塞！費孜虹詫異地看著剛剛上演的劇碼，鐘仁斌為大家演出當年的翠中事件嗎？

「所以師生戀的那個張老師，真的是讀書會的人……才會變得這麼嚴重！看樣子所有讀書會學生也被牽連。」黎昀達倒是很快理解，「那個陳家豪只是寫信給教練就被誣指成反叛，你……演出傳統布袋戲劇就被認定是反動……」

「但這說到底跟方芮欣並沒有關係，這中間還有同學的誣告吧……那個……」費孜虹緊張的回憶著，「陳家豪是同學檢舉他的通信，罪名也是亂加的……你、你也是因為社員或是社長往上告發才會被抓的吧？」

『那又怎樣！一切的起源就是方芮欣！』鐘仁斌緊扣著傀儡，『你看看他們對我做了什麼！我的手再也不能操控布袋戲偶了！』

扭曲的手指，燒焦的殘肢，更別說雙手上頭處處裂口鮮血淋漓，感覺是受刑過的痕跡。

『一個抓耙仔，毀了我們的人生，我的人生！』鐘仁斌開始折磨賴家祥與許慧菱，『說！你們誰是抓耙仔！哪個是該死的告密者！』

「呀呀！去你媽的！」許慧菱痛苦的亂吼，「有本事放我下來！我跟你……」

「不要衝動！」費孜虹緊張地大喊，他們兩個現在命在人家手上，安分點啊，「鐘同學，我理解你的恨，但是我們跟這件事沒有關係，我們甚至不是翠中的人！」

『檢舉者要死，一定要死……為了更多的人……』鐘仁斌根本沒在聽她說話，『什麼時候輪我操控別人的人生、傀儡，每個人都是傀儡……』

黎昀達暗暗朝費孜虹使眼色，瞥向李依霖的方向，她跟著輕微點頭。她剛剛就注意到了，林友榮跟李依霖恐懼地躲在那兒，試圖要他們過去。

「妳能擋著嗎？」黎昀達低語。

費孜虹驚恐地屏住呼吸，但還是勉強點了點頭……不能擋也要擋，他們必須要有能搶回賴家祥跟許慧菱的機會！

「方芮欣不是故意的！」費孜虹鼓起勇氣，雙手緊緊握拳地往前跨了一步，離開紅樓廊下進入雨中，「她只是想讓殷老師離開，除掉潛在情敵，她不是要害你們的！」

『閉嘴！』鐘仁斌果然怒不可遏地抬頭，『妳是抓耙仔對不對！就是妳，才會幫方芮欣說話！』

「我說的是事實，她不是為了害你斷手，或是害別人被槍殺而檢舉的，她是希望張老師能只看著她！」費孜虹又往前了一步，跟著繩子跳動的賴家祥跟許慧菱也察覺到了。

『殷老師跟張老師之間根本沒有關係，張老師只是禁書提供者而已！』鐘仁斌氣急敗壞的喊著，『殷老師背景多硬？他們家是黨國元老啊！她早就被帶去美國了，倒楣的都是我們留下來的人——』

「是誰對你扣帽子的？不是方芮欣，是、是是那個社長不是嗎？」費孜虹激動地回以大吼，「你怪錯人了！」

『火是她放的！一切都是以她為起點！』鐘仁斌聲嘶力竭，『我們原本過得很平靜，全部都是她！不是她的話，學校不會變得腥風血雨，也不會有人互相陷害——我也不會失去我的手！』

喝！鐘仁斌突然抬起頭，用盈滿血絲的眼越過費孜虹，看向走廊。

奔跑聲逼近，黎昀達抱著一個巨大的玻璃櫃出現在走廊末尾。鐘仁斌雙眼睜大，著實很難得見到死白的鬼，還有更白的時候。

「你有多珍惜布袋戲偶！」黎昀達高舉起櫃子，扯開嗓子高聲喊著，「既然殘廢，還留著這些戲偶做什麼！」

『住——手——』鐘仁斌驚恐地衝向黎昀達，『放下我的布袋戲偶！』

聽你的。

黎昀達深吸一口氣，使勁的把整個玻璃櫃往操場的方向拋扔出去——鐘仁斌以不正常的速度衝向黎昀達，硬在一秒內左偏，奔向櫃子可能落地的地方。

他在衝出的瞬間放棄手上的傀儡，同一時間，賴家祥跟許慧菱即刻雙雙落地！

費孜虹飛快地拿出早握在手裡的美工刀，原本逼近賴家祥又退後幾步，直接拾起掉在地上的傀儡娃娃。

黎昀達也在扔出櫃子後奔至，火速接過傀儡娃娃，有樣學樣的箝著十字竹片拎起娃娃，後面的許慧菱跟著被猛然在地上拉起。

「幹！」她尖吼著。

「馬上好！」費孜虹將四條線束成一綹，火速割開，再如法炮製的割斷賴家祥的傀儡。

同學們重獲自由，卻因為四肢關節重傷，痛得只能跌坐在地。

「沒有時間了！拜託忍著疼！」黎昀達一過去就粗魯地拉過賴家祥的右手往頸後扛，「喂！過來幫忙！」

他高聲吼著，對著躲藏在日式建築的兩個男生。

林友榮立刻衝了過來，協助費孜虹將許慧菱攙起，她咬著牙不停罵著髒話，他們關節裡有根雨傘架還得這樣活動，真的是隨便一吋都是錐心刺骨的痛！

但是他們只能忍，趕緊往李依霖所在的方向去。

身後傳來鐘仁斌的哀鳴，他正心疼珍愛的布袋戲偶們。

蠟燭早已熄滅，僅存的是李依霖從遠方投射過來的手電筒燈光。中庭小徑早已被野草及亂長的藤蔓覆蓋，加上大雨遮去視線，他們連自己在哪裡都不知道，路該怎麼走毫無頭緒。

費孜虹很想哭，她用力拉著肩膀上許慧菱的手，她好希望五分鐘內就能看見出去的後門。

她想回家！一刻也不想再待在這裡了，嗚……再這樣下去，她也要開始討厭方芮欣了！

經過高大的基石時，黎昀達抬頭瞥了一眼，就算光線再黑，也知道那該是蔣公銅像吧？

總是望著遠處的蔣公，此時卻緩緩的轉過頭，低首看向他們。

……有、有沒有搞錯？黎昀達完全傻住的停下腳步，他是幻覺嗎？

「幹麼……」賴家祥咬牙抬頭，跟著傻住了。「走！快走啊——」

這怎麼走得快？在黎昀達身後的費孜虹也愣住了，她瞠目結舌地瞧著開始轉過身的蔣公，那巨大銅像擰起厭惡的眉心，銅製大手倏地朝費孜虹正面襲來！

「你不會也要怪方芮欣吧！」費孜虹忍不住抱怨地大喊。

許慧菱使勁把費孜虹往旁邊扯，她連驚訝尖叫的時間都沒有，只是想著該怎麼不讓那隻銅製的手掃到！

說時遲那時快，不知從哪兒冒出的藤蔓居然疾速纏上蔣公雕像，緊緊纏住他襲來的手，減緩他的動作。

「走啊！」不讓費孜虹有發呆的機會，許慧菱咬著牙就把她往前推。

這時候不只是她，連賴家祥都不在乎關節裡或裡面還插著什麼，再痛也要咬牙往前衝！

「那個是哪裡來的？」費孜虹還是很難不回頭。

藤蔓已經纏滿銅像，從基座到蔣公，密密麻麻地裹住它的全身上下。

「管他哪裡來的！」這時候誰還在乎啊！

許慧菱跟賴家祥都跑得很吃力，他們背部都背了把傘架，只是多段架子刺穿他們的軀幹，但再痛，也沒有逃命來得重要！

所以現在許慧菱根本不必費孜虹攙扶了，她自己就能衝，腎上腺素萬歲！

費孜虹看著地上爬行的藤蔓，這些東西像活著似的，她不知道原來中庭裡有新鮮翠綠的植物，她以為都像走廊上花盆一般，全是些枯萎的植物。

『這邊……』

什麼！明明是某片葉子擦過費孜虹臉頰，她卻清楚聽見女生的聲音。

怎麼會……這看不見的草叢裡藏有什麼嗎？她緊張地想遠離，但是更快地，一綹藤蔓纏住她的手腕，然後無形的力量拽拉她的手往左前方的十點鐘方向拉去！

「啊……」她嚇得低叫，身體被迫轉向左前方踉蹌，根本身不由己，「許慧菱！」

她忍不住開口求救，卻在下一秒看見了十點鐘方向……黑暗中他們不能確定日式建築是兩棟對立，還是冂字型，可是現在在李依霖對面的走廊裡，站著一個形體清晰可見的女生！

她舉高左手，右手朝著她猛搖。

這裡！她聽得好清楚，聲音是從葉片上發出來的，這裡啊！

許慧菱聞聲回頭，她的手雖伸不直，但還是吃力的抓住她，一握到她的手腕，立即如驚弓之鳥的縮手！

「妳被纏上了嗎！」她慌張的拉高分貝。

這一喊，前面的男生都停下了。

「那邊！我們去那邊！」費孜虹卻突然指向斜前方，「大家都過去對面！」

為……黎昀達看著往斜對角衝的費孜虹，為什麼啊！

「搞什麼！費孜虹！」賴家祥咬緊牙關的喊著，「又在搞什麼！」

藤蔓早已鬆開費孜虹的手，她跑了兩步才想起許慧菱，又回頭拉她。

「為什麼要去對面！」遠遠的，李依霖的聲音盈滿恐懼。

「有人叫我去那邊……就是剛剛幫我們擋住銅像的人！」費孜虹勾住許慧菱的手腕，已經完全忘記那兒插著根鐵架，用力拽拉著。

「唔……」許慧菱痛得緊握住拳，「哪個人？是人嗎……費孜虹！妳到底看見什麼了？為什麼人家叫妳去妳就去啊！」

「對啊！」男生也在後面驚呼，「萬一是陷阱怎麼辦！這個學校裡每個學生都在找抓耙仔！」

「因為她剛剛救了我！她擋下銅像，纏住我卻沒殺我！」費孜虹的信心都不知道哪裡來，「如果是討厭我們的人，早就動手了——像棒球男跟布袋戲先生一樣！」

陳家豪還不是二話不說擊球就殺？鐘仁斌呢？賴家祥打了個寒顫，他們前一秒還在布袋戲社，下一秒根本連怎麼被推出去都不知道，就感受到被刺穿四肢的痛楚了！

還是被自己的雨傘……

李依霖看著大家都往對面衝，再害怕，還是只能邁開步伐跟著。

林友榮加快腳步來到許慧菱的另一邊，因為費孜虹根本忘記她身上有傷有鐵架，根本跑不快，所以由他協助比較妥當。

一群人踉蹌狼狽的摔進走廊裡，真的是摔入的，因為中庭地面與日式建築的走廊間有一階落差，路太黑沒人瞧得見，所以所有人全狼狽絆倒。

「啊啊啊啊——」許慧菱忍不住哭喊出聲，身上插著鐵架的她禁不起摔，這實在太痛了！

「幹幹幹……」賴家祥痛到快喘不過氣了，黎昀達趕緊拉他起來，因為他剛剛是躺在地上的，整個傘架都扎他背後。

「都在嗎都在嗎？」沒有燈光的情況下，黎昀達只能緊張的摸著人，「許慧菱！李依霖……李依霖呢？」

「在、在……」他在右手邊遠一點的地方。

「到底為什麼要過來？」賴家祥邊問邊站起，「是哪個人叫妳的？」

「一個女學生……太遠了我看不清楚，但是她一直叫我過來。」費孜虹摸黑翻著書包，手機呢？她放在哪一層呢？

摸黑觸及牆壁，想找個位子靠。

「妳都不認識也聽她的話！」黎昀達覺得頭痛，「是人還是鬼？」

「你覺得這裡會有別的『人』嗎？」連許慧菱都忍不住開口，「不管怎樣……好像暫時安全，那要我們到這裡來是幹麼？」

「費孜虹，她長得怎樣？」林友榮也跟著出聲問。

找到了！費孜虹一拿出手機立刻點開手電筒，「我剛就說太遠了我看不清——」

燈光驟亮，一個人就站在費孜虹面前，幾乎貼著她的鼻尖。

一張浮腫、面目全非的臉映在眼簾，LED強力手電筒下超級清楚，腫到看不見眼睛的臉上滿布傷痕、瘀青、割傷、血紅等被扯下頭皮的傷口，還有被打歪的鼻骨。

那不僅是面目全非，傷口更是腐爛見骨的血肉模糊啊！

「哇啊啊啊——」這是他們六個人最有默契的時候，同步放聲尖叫！

叫聲響徹雲霄，女孩一揚手就打掉費孜虹手上的手機，光線隨之飛揚之際，費孜虹感受到有人拉住她的手——然後往前推！

她雙腳竟踩空，直接就往下方摔去了！

對，是往下，他們眼前不是教室不是平地，是個地下室或是洞穴什麼的！

「哇啊啊……」叫聲不變，還帶點回音，可惜其他人忙著驚恐大吼根本還無法反應。

一切發生得太快，什麼都沒瞧見，許慧菱肩頭被人使勁向前推，往前一步右腳就踩不著地了，也直接滾下去！

「呀——什……」

下一個是賴家祥，他跟黎昀達根本是疊在一起的，但至少他們兩個都切實的感受到足尖似乎絆到了樓梯？

他們前方那片黑暗處有樓梯，而且還是往下的樓梯，階級數不少，至少黎昀達可以感受到自己在樓梯上咚咚的滾了好幾圈！

「我不要——拜託你！」最上面傳來李依霖的哭聲，「啊啊啊——」

最後滾下來的是他，一樣咚砰咚的一階撞過一階，狼狽地疊在黎昀達的背上！

費孜虹滾得最裡面，許慧菱因為身上有傘架所以這樣撞擊讓插進四肢的鐵架穿得更深了，她痛得嚎啕大哭並且立刻讓自己改成趴姿，所以早遠離樓梯下方那個大家跌成一堆的地方。

這裡是徹頭徹尾的黑暗，唯一的亮光來自費孜虹落在上頭的手機，手電筒幸運的朝向天花板，所以照亮走廊，也隱約可以看見樓梯口。

這截樓梯有十幾階長，他們是在地下室吧？費孜虹最先撫著發疼的腰站起，她驚恐地看著地下室的入口，不見那個女孩，也沒有透亮的門口，因為光被什麼東西阻礙，成了線狀光芒。

有東西正在迅速的覆蓋地下室入口，光線越來越微弱，她緊皺著眉，卻一步都邁不開。

「……李依霖！下來！」在前方樓梯下的男孩們傳來聲音，「你很重！」

費孜虹趕緊看著眼前的疊羅漢，她也應該去幫李依霖，因為他趴在黎昀達身上，黎昀達下方還有賴家祥……不，黎昀達雙手撐著地面呈伏地挺身狀，為了不壓傷賴家祥！

黎昀達及時不讓自己摔在賴家祥身上，萬一他真的壓上去，傘架說不定會刺穿賴家祥的胸膛，加重他的傷勢。

「來！」一旁的林友榮拐著腳走來，抓過李依霖的上臂，「先踏左腳，這邊有空地。」

李依霖依著林友榮的攙扶才滑下黎昀達的背，等他一走，黎昀達即刻往費孜虹這邊翻滾過來。

「啊……」他皺著眉，全身上下都痛。

賴家祥已經疼到說不出話了，他趴在地上，看著自己右手肘的鐵架比剛剛又多刺出了幾公分。

「我的手機……」費孜虹哽咽著，「好暗喔！誰開個燈好嗎？」

李依霖從口袋裡翻出手機，他剛剛一直幫大家照明，所以速度最快，燈光亮起時，大家瞬間都變得相當戒備，實在很怕這裡又有什麼。

結果，他們只是在一間廢屋中，這地下室什麼都沒有，連張桌椅也無，真的只有四面牆與他們而已。

黎昀達終於燃起自己的蠟燭，協助賴家祥坐起身，過程中都是哀鳴。

「借我。」費孜虹始終盯著樓梯上方，伸手向李依霖借了手機。

「費孜虹……」李依霖有些不安。

「我上去看一下……」她換氣換得很用力，「入口被封住了。」

她親眼所見，她手機的光線漸漸消失，有什麼東西擋住入口，全然封住，從線狀光線直到一片漆黑。

顫抖著手往上照明，她小心翼翼地往上走，黎昀達一安頓好賴家祥也即刻跟上。

地下室的入口就一扇門寬，此時此刻一點空隙也沒有，卻不是被門封住，而是……費孜虹撥動翠綠色的葉子，是藤蔓。

剛剛那些藤蔓一重一重的在門上滋長，形成藤蔓牆，直到遮去外面所有的光線。

她跟黎昀達推動這堵綠牆，藤蔓極富彈性，且出乎意料的紮實，無法輕易突破。

「至少有我小指粗。」黎昀達的手擱在一條藤蔓下比對著，「就算要用刀，也得割很久。」

費孜虹咬著唇，滿腹疑惑，「這是在……幫我們嗎？」

「或許吧……我不知道。」黎昀達難受得深呼吸，「至少現在那個布袋戲先生跟棒球男都進不來。」

賴家祥好不容易鬆口氣，往右上方幽幽看著他們兩個，「但我們也出不去。」

是啊，費孜虹小心的再走下樓，原本要去找後門的，結果他們居然都被推下這密閉的地下室裡了。

「這裡居然有地下室，誰想得到呢？」黎昀達開始揉著發疼的手臂跟腳，「而且我看挺深的。」

「當然深，痛死我了。」許慧菱忍不住抱怨著，淚水沒停過。

她只是不想大哭罷了，因為還不到崩潰的時候。

她又痛又懼又餓，但是這樣緊繃的情況下，不容許她情緒潰堤……任何人都不可以。

她想要尖叫大哭，但就怕會一發洩完，會連站都站不起來。

安好無恙的人想試著拆下賴家祥跟許慧菱身上的鐵架，但是他們的關節處刺穿的鐵架至少有五公分那麼長，甚至還有倒彎扣住的。除非他們有工具可以剪斷傘架，再抽出來……可是每一個動作，都只是讓他們發疼而已。

「這麼硬的鐵架也能彎曲啊……果然不是人。」黎昀達放棄地搖頭，「只能忍了，這得交給醫生。」

賴家祥冷笑出聲，蒼白著臉，「你覺得還有機會看醫生嗎？」

咦？費孜虹圓睜大眼，「當然有哇！為什麼這樣說？」

賴家祥抬頭，眼底晦暗無光，身邊的許慧菱想忍住哭泣，淚水卻撲簌簌滾落。

「妳真的……覺得……」

「當然啊！」費孜虹輕笑了起來，「要有信心，我不想死在這裡，我想回家，我明天也還想上學！」

誰不想啊！黎昀達用力握住賴家祥的手，「費孜虹說得沒錯，不要這樣就灰心。」

「我們一定會沒事的，嗯，一定會沒事的。」費孜虹像自我催眠般的說著，一一掃視著同學，「一起進來，就要一起出去啊！」

李依霖忍不住哭了起來，瘦小的他抖得像風中殘葉，抱著自己雙腳曲著膝，直接趴在膝上痛哭失聲。

「妳好像一直都這麼樂觀。」許慧菱看著費孜虹，「在班上時也永遠都笑著。」

「總比哭好。」她掛滿微笑，有著可愛的酒渦，雙手同時握住他們兩個的手，「說好要吃冰的！還沒去呢！」

賴家祥深吸一口氣，他明白費孜虹的意思，是啊，身上插著傘架都還能活著坐在這裡了，實在沒什麼好質疑的。

「我以前都覺得羅家妮才是堅強的那個，妳不過是小跟班，看來是小看妳了。」他這是讚美。

「我是小跟班啊！」費孜虹瞇起眼笑了起來，儘管她也克制不住淚水，「我喜歡上學，喜歡羅家妮也喜歡大家，沒有什麼事需要去多想的啦！」

黎昀達輕笑著，費孜虹就是個與世無爭，沒什麼大事都能活得很開心的傢伙。

「好了！應該要去看看了。」她突然改成蹲姿，歪了頭看向黎昀達，「你可以陪我去嗎？」

「……噢，好。」黎昀達丈二金剛摸不頭腦，「不是……我們要去看什麼？」

「看有沒有別的路啊！」她伸出手，「我站不太起來……拜託。」

黎昀達無奈地搖頭，緊張與恐懼，奔跑與寒冷，的確讓人坐下來就不太想站起來。但他還是用意志力起身，再拉起她。

「妳就是靜不下來就對了。」他理解她的模式。

「是不能靜下來，我會亂想的。」費孜虹認真的點頭，再向下方看著，「李依霖跟林友榮，這裡就拜託你們了。」

林友榮哀怨不已，「拜？拜託我們……我們什麼都做不了啊！」

「就照顧他們啦！」黎昀達下意識回頭看著被封住的入口，「說不定那藤蔓真的能擋住什麼，可能暫時無礙。」

費孜虹也跟著轉身，「我真心覺得那個女生想幫我們。」

「不是不認識？」林友榮困惑。

「不認識啊！就算本來認識，她剛剛那個樣子我也很難認……」邊說她邊打了個寒顫，那是張好可怕的臉，她不敢想像那個女生生前遭受什麼事。

李依霖的哭泣終於告一段落，靜靜的坐在一邊。他們關上手電筒，因為太冷所以燃起兩根蠟燭，分屬黎昀達與賴家祥的，李依霖的剛剛落在走廊上了。

地下室裡連可以燒的東西都沒有，不過他們書包裡都有課本，如果再冷下去，只能對不起爸媽了。

費孜虹的蠟燭泡了水，所以黎昀達用她撿到的美工刀截去一段後再引火點燃，她把蠟燭黏在木條尾端真的很便利，一來增加照明距離，二來拿起來又穩當，第三必要時揍人也很方便。

他們待的地方只是一小片空地，再往裡頭有另一條路，費孜虹就是想去那邊看看。探索未知區域會怕，但不動她更怕，她還擔心空氣的問題。

「去吧！」賴家祥很是沉穩，「我們有空會想想計畫B的。」

「都C了吧。」許慧菱還有空吐槽。

「只要能出去，DEF都可以……」李依霖悶悶地回應。

費孜虹豎起大拇指，用力深呼吸換氣——黎昀達突然握起她的手，逕自走在前面。

她太習慣走第一個了，不是逞勇，而是因為羅家妮每次都推她走前面，只怕是習慣使然。

他們的手都很冰冷，但是費孜虹悄悄看著身前的黎昀達，不知怎地，她現在卻覺得溫暖很多……至少，有人願意跟她一起走呢。

「妳剛說那個女孩是翠華中學的嗎？」黎昀達找話題，才不會害怕。

甬道很窄，幸好只有十步距離，接著便寬闊許多。

「對，她穿著制服，是襯衫部分。」禮堂裡學生穿的就是那種，「所以在這裡徘徊的不全是壞的。」

「他們也不算壞，只是……如果是妳呢？」黎昀達持著蠟燭，他們發現坡度往下，他們往更深地底走去了，「妳說妳壘球社的嘛，喜歡打壘球，結果莫名其妙被人冠上罪名，不覺得冤嗎？」

費孜虹蹙眉猶豫著，「我是生活在幸福時代的人，很難去設想當年的情況……現在不管怎樣，也不會有人指著我說是間諜啊。」

前面的黎昀達深吸了一口氣後，隨之的是重重嘆息，「也對，不同時代、不同的環境背景，不能同日而語。」

「就像我們永遠無法理解，古時帝王為了建造陵墓，就要奴役人民做到死；我們會想，為什麼不反抗？這麼多人為什麼不革命？」費孜虹掩鼻，這裡霉味好重。

「因為那是極權時代，君權主義，不能用我們的想法去思考。」黎昀達點了點頭，「但是，還是會不甘心吧？」

「是啊，不然不會走不了，心心念念都怪著方芮欣。」提起這名字，費孜虹就有點難受，「剛剛看了那齣傀儡戲，我覺得有點生氣！」

生氣？黎昀達回首，「我也是，因為無聊的事情檢舉，害這麼多無辜的人死亡。」

「我才不是氣方芮欣，我是說那個老師！高中生未成年吧？他師生戀已經有點明目張膽了……」費孜虹噘起嘴，「而且在那個時代讀禁書，根本擺明有反叛嫌疑，一旦被發現，拖累的是整間學校耶！」

「……噢，」黎昀達仔細想想，也對啊，雖說檢舉者是方芮欣，但禁書一事原本就違法了，「但那個殷老師也有問題啊，她向張老師拿禁書？」

「所以，不是方芮欣一個人的問題嘛！」她想表達的是這個。

黎昀達也知道，但他們都是幾十年後的旁觀者啊，當初被牽連的學生們要是能這麼想，張漢辰就不會慘死在操場上了不是嗎？

一路上相當平靜，除了牆壁外什麼都沒有，直到一處相當寬敞的地方，比剛剛大家滾下來的地方更深也更寬，地上有些水瓶以及雜物，甚至有蠟燭的殘骸。

「為什麼這棟建築下方會有這種……像洞穴一樣的地方？」黎昀達認真地打量著，兩個人走到最中間的地方繞了一圈，「這裡什麼都沒有啊！」

「而且挺深的……」費孜虹環顧四周，在角落又發現能繼續往前的通道，「那邊還有路耶，結果哪邊是出口？」

「說不定兩邊都……」黎昀達突然一頓，「這裡該不會是……防空洞吧？」

咦？費孜虹圓睜雙眼，再一次看著天花板，再看著周遭毫無長物的地下室，「好像有可能耶！地底之下，而且這些岩石很紮實！那個年代有防空洞，也是理所當然的吧？」

「對啊，翠中建立於日據時代啊！」黎昀達立刻將燭光轉向另一條路，「所以應該不只一個出入口！」

空襲時，應該以最快能全體進入防空洞為第一原則吧！

兩個人緊緊握著手，燃起了一絲希望，加速往另一頭去……如果那個毀容的女孩是真心幫他們的話，封住日式建築的入口，就勢必還有另一個出口！

第　　週　　生活週記　　年　　月　　日

# 第八章

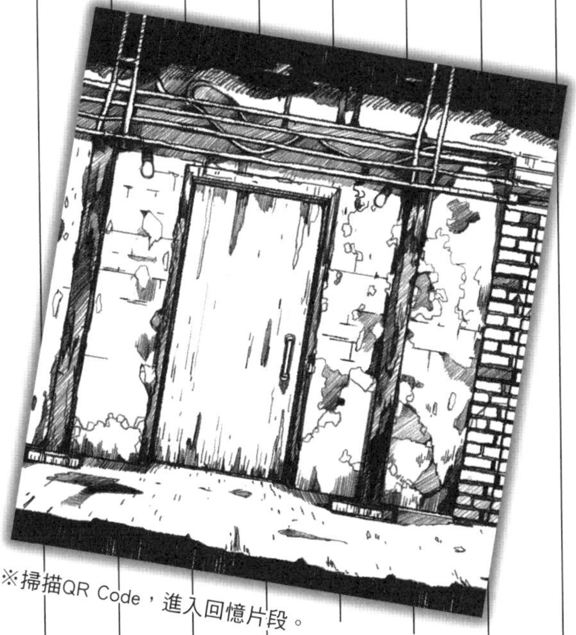

※掃描QR Code，進入回憶片段。

水瓶遞到許慧菱面前，她愣了一下，向左回頭看著李依霖。

「謝謝。」她苦笑著，扭開瓶蓋只喝了一小口。

「賴家祥要不要喝？」李依霖聲音很虛弱。

賴家祥點點頭，他們的飲料早就不知道掉到哪裡去了……校長室吧！他誠心道謝，也不敢喝太多，只是潤點脣就轉遞給林友榮。

「我不必，不渴……」他接過水瓶還給李依霖，「而且剛剛雨水也喝了不少。」是啊，真的渴的話倒是不愁，外頭雨大得很……只是現在在這地下室裡，居然聽不太到了。

「不覺得鹹鹹的嗎？」李依霖皺起眉，「這場雨像是誰的淚水……」

許慧菱翻了個白眼，「說點正常的好嗎？」

李依霖索性抿緊脣，不說了。

「我覺得這是防空洞。」賴家祥突然出聲，「可能裡面更深，以前用來躲空襲。」

「是喔？」許慧菱根本沒在思考，她向來討厭想事情。「所以可以出去嗎？」

林友榮擔憂地看向那甬道，「裡面會不會又有不爽的學生在等？」

「按照他們的邏輯，不爽的人可多了，當年發生的事比我們想像得嚴重很多……」

賴家祥看向林友榮，「你還知道多少？剛剛那個女生你認得嗎？」

林友榮苦笑地搖頭，「我？怎麼會認得人啦！我多半是知道名字，但也沒辦法記得很清楚……太多人了！」

「太……多人……」李依霖聽到這個就覺得心寒，「所以除了外面的……」

「責任多半會落在老師身上，至於是讀書會的學生，他們本來就逃不掉！」林友榮扳起手指計算，「最有名的，就屬鐘仁斌、陳家豪，也是之後才發生的。」

「唱歌的女生跟剛剛那個女生呢？有印象哪些女生受波及嗎？」賴家祥又問。

「女生啊……」林友榮沉吟著，「其實也不少啊！那時有個園藝社的女生在第一時間就被捲進去了，因為她照顧的花圃裡藏有禁書，撕下後埋在土裡，結果全面檢查時被挖出來……」

「……把書撕下是哪招？」許慧菱皺起眉，「怕被發現的藏匿嗎？」

「應該是，學生遇到那種情況都會怕，只要不在自己身上就沒事，就跟……」賴家祥頓了幾秒，瞥向李依霖，「張漢辰把菸放在李依霖書包裡一樣。」

許慧菱緊張地皺眉，「這種說法不就是說，說不定是那個園藝社的女生藏的，搞不好不是別人嫁禍。」

「這也有可能，當時情況很亂，就像你們說的，不在自己身上怎樣都行……」林友榮像在回憶般，「不過我記得那個女生後來有認罪，可再也沒有出來的樣子。」

再也沒有出來的意思……就是死在裡面了吧？

「不管是不是她藏的，我記那個年代是寧可錯殺一百不可放過一人。」賴家祥沉重地皺眉，「只是為什麼就找她？園藝社這麼多人？」

「聽說有負責區塊。」林友榮也很無奈，「事實是怎樣，已經不得而知……也沒有人會在乎了。」

「那……讀書會的學生呢？」許慧菱覺得這才是最可怕的。

林友榮抬頭，淚光閃閃地望著她，這個答案其實不說大家都知道……「悲劇，其實如果……有太多如果，或許悲劇不會上演的。」

「沒有人料到會有人檢舉吧？既然是老師帶頭給禁書的話，也應該只有讀書會的人知道……」賴家祥沒忘記剛剛被操控時演出的劇碼，「我剛演一個叫什麼中庭的嗎？他不是給了方芮欣書單？」

「魏仲廷。」林友榮輕笑著，「不是中庭啦！」

「誰管他叫什麼名字，就是他給了書單，不然姓方的怎麼檢舉？」賴家祥挑高了眉。

「我覺得最扯的是，這一切是因為……」許慧菱嘖嘖出聲，「情人眼裡容不下沙子！」

「其實事情爆發前就有風聲，如果先湮滅證據的話，或許不至於這麼糟，問題就在於最後證據確鑿……」林友榮無奈的嘆息，「因為有人不相信是讀書會的人洩密，時間花在爭論辯護中。」

「所以才會有緊張的撕掉書，又藏在土裡的事吧？想想也是，感覺像是慌亂情況下做的事。」賴家祥點了點頭，如果是他一定用燒的，「不管是棒球或是布袋戲都說了，是方芮欣放的火，一切都是檢舉的錯、告密者的錯……」

「……不、不公平……」李依霖囁嚅地出聲，「明明他們不是……」

「是被構陷沒錯，但是他們把恨推在始作俑者身上，我也不覺得方芮欣是始作俑者啦！」賴家祥歪了嘴，再嘆氣，「就我剛剛演的什麼張老師，爛咖。」

「超爛！」許慧菱只有這時候會接話。

「張老師啊……我記得他當初在翠中炙手可熱，風度翩翩、詩書滿腹，又年輕有為，當時確實吸引女同學的注目。」林友榮思索了一下，「不過我從一些人的回憶中感覺，即使相當受歡迎，他對每個女學生都一視同仁，可唯獨對方芮欣特別好、特別體貼，多加關心，似乎還很常單獨相處呢。」

「說不定那個張老師……對方芮欣是認真的？感覺她也沒什麼可供他利用的不是嗎？」李依霖小小聲的說著，「不然那個方芮欣應該也不會那麼、那麼介意別的女老師……」

「那都不是重點，對這些翠中陰魂不散的學生而言，告密才是重點。」賴家祥深吸了一口氣，仰手看著岩頂，「他們在找抓耙仔。」

找抓耙仔……許慧菱沉下眼色，嚥了口口水。

「找到了！找到了——」遠方傳來興奮的奔跑聲，「我們找到了！」

黎昀達喜出望外地拉著費孜虹奔回，雙雙從甬道中回來，跑得太開心，燭火還因此搖搖晃晃。

咦？同學們個個欣喜若狂的回身，「有出路了！」

「嗯，有點長，但是有另一個出口！」黎昀達認真點頭，「我們不敢出去，但是確認過門沒封死。」

黎昀達跟費孜虹開心的比劃方位，用手比著路徑，賴家祥仔細思忖，啊了一聲，

「在紅樓底下吧！」

「呃……是嗎？」費孜虹沒出去，不知道啊！

「穿過中庭、紅樓……這方向是紅樓沒錯。」賴家祥口吻肯定，他真的是頭腦很好的傢伙。

「那趕快走吧……啊！」想起身的許慧菱全身都痛，又跌坐回地上。

「可以嗎？」李依霖戰戰兢兢的問著，「他們都沒敢出去了？」

對啊，因為不確定外面有什麼，所以黎昀達決定先回來跟大家說……至少，在防空洞裡相對安全。

「我想休息一下再走。」黎昀達看向費孜虹，「妳可以稍微靜一下嗎？」

抬頭的費孜虹噘起嘴，露出一臉無辜可人的模樣，她皺起眉，看起來是不可以的模樣。

「沒關係，我找事情忙！」她開始碎碎唸的自言自語。

黎昀達無奈地坐了下來，他很需要片刻的休息時光……「你們剛剛在聊什麼？繼續啊！」

遠遠地聽不清他們說的話，但是聽得見窸窸窣窣的聲音。

「就在聊翠中的事啊。」許慧菱坐在地上，開始忍痛曲起雙腳、伸直、再曲起。她必須習慣有東西卡在她四肢裡的感覺，不管是痛還是不適都必須習慣，等等跑起來才不會吃力。

「本來好奇那個花草女生是誰，不過林友榮就算都看了翠中事件也不可能認得人，只說有人把禁書藏在花圃底下，結果被查出來後，負責的女生被帶走再也沒出來；唱歌的那個不知道是誰。」賴家祥簡短說明，「啊還有說方芮欣檢舉後，原本讀書會有時間湮滅證據，但因為有人袒護我剛演的那個中庭先生，所以失了先機。」

費孜虹噢了一聲，有事情聽總比靜下來好。

「所以他們一直針對抓耙仔。」她擠著髮上的水，「問我們誰是抓耙仔。」

「怎麼找？」許慧菱沒好氣的說，「找方芮欣嗎？都幾十年前的事了！」

「找到也是老阿嬤了？說不定還已經不在了！」黎昀達就是覺得這點離譜，「就只有他們的時間沒有流轉。」

「她確實是不在了啊！」林友榮吃驚的睜圓雙眼，「你們不知道嗎？」五個人同時轉過去看他，「知道什麼啊？」

「方芮欣當年就跳樓自殺了啊！」

什麼！黎昀達瞬間直起身子——方芮欣早就死了？

「跳樓？」連賴家祥都慘白了臉色，當年翠中跳樓的到底多少人啊！

「這是翠中事件最重要的一段耶！她因一己之私檢舉讀書會，卻導致這麼多人出事，叛逃的、自殺的、死亡的，她根本承受不住這份愧疚，後來就自殺了！」

「我們又沒研究翠中歷史，哪會知道這麼多！」許慧菱擺擺手，「能知道以前出過事，有很多人自殺加上這邊鬧鬼，已經很厲害了！」

賴家祥緊張的轉著眼珠子，「靠，如果方芮欣死了，這些同學是在執著什麼？大家可以去下面吵架啊！」

如果這些同學執迷不悟的話，該不會——方芮欣還在這裡？

他瞬間倒抽一口氣，連許慧菱也意會到他說的了，緊張的捏起衣角，「別告訴我一切都是方芮欣搞的……」

費孜虹拿面紙擦去睫毛上的雨水，從容地從書包拿出護唇膏抹著，她一邊擦著一邊不停的自言自語，黎昀達很想聽懂，但是有點不想打擾她的小小世界。

「我覺得不是耶！」清甜的聲音響起，「他們是針對我們吧？」

費孜虹語出驚人，這更令所有人瞠目結舌了！

「是……是為什麼……這、這、這樣說……」李依霖話都打結了。

「對啊，費孜虹，妳在想什麼？」許慧菱覺得這個答案比賴家祥猜得還可怕！

反而賴家祥沒有反駁，他瞇起眼，很謹慎的瞅著她，「妳說。」

「我覺得他們在不爽抓耙仔的事情，不管告密或檢舉，重點就在於有人放了那把火，結果城門失火，殃及池魚。」費孜虹輕巧地說著自己的想法，「從打棒球的學生開始，他們都在找告密者啊！」

黑白分明的大眼相當清澈，好似什麼事到她那兒都變得簡單，問題是其他人超困惑的啊！

「所以在找方芮欣？」許慧菱再問。

「林友榮不是說她當初就因愧疚過重自殺了嗎？找她有點怪，而且剛剛那個鐘同學對著我們問，」費孜虹開始因寒冷摩擦雙手，「你們誰是抓耙仔？哪個是該死的告密者？」

黎昀達沉默了，他突然非常理解費孜虹的想法，因為不只鐘仁斌那樣說，在校舍二樓時，出現奔跑的學生，他們也是高喊：『抓耙仔在哪裡！是誰告的密！』

到底誰是密告者？這是一切的癥結點。

「陳家豪在出手時，怒不可遏地問誰是抓耙仔。」賴家祥幽幽的出聲，「我們之中有抓耙仔，學生們是這麼認定的。」

「嗯，我就是這樣猜的！」費孜虹用力點頭，他們把我們這邊的告密者，當成了方芮欣。

「也可能對他們來說是誰都沒差，重點就是這種抓耙仔就是該死。」黎昀達感覺得到氣氛有點緊繃，至少賴家祥跟許慧菱的表情都不是很好看。

這些羈留的亡靈為什麼會針對他們？他們之間的確存在著「抓耙仔」的問題啊。一開始會來到翠華中學散心，就是因為有人向教官檢舉張漢辰攜帶違禁品，老師才會在體育課時搜查他的書包，然後才出現校規問題，即將被退學。

犯了什麼事，張漢辰雖絕口不提，可黎昀達直覺賴家祥知道，只是他也不說。

李依霖緊張地嚥著口水，雖然張漢辰已死，但是密告這件事還是存在的……在這裡當年受檢舉牽連的學生心裡，這個抓耙仔是真實存在。

「所以……」林友榮下巴緊繃的抽口氣，「他們認為你們之間有抓耙仔對吧？」

沒有人說話。

賴家祥凝視著閃耀的火焰，許慧菱緊抿脣低頭望著自己的鞋子，她斜後方的李依霖依然兩眼發直瞪著地板，雙手緊圈著自己的雙腿。

洞裡，只剩下沉重呼吸聲。

「那是誰檢舉張漢辰的呢？害他被搜出違禁品？」林友榮沉重地問著，「你們不是……好朋友嗎？」

費孜虹緩緩瞪著雙眼，看向林友榮。

黎昀達幾度欲言又止，最後卻也只是擰緊眉心，先是看著林友榮，再越過他看向他右手邊的李依霖。

「我只是在想……」費孜虹小小聲的開口，「如果違禁品都放在李依霖書包裡的話……老師是怎麼在張漢辰書包裡搜到證據的……」

沒有人攞回去的話，該怎麼證據確鑿？

她不安驚惶的瞥著李依霖，他收緊了手臂，可以看出上手臂繃緊的肌肉。

「是張漢辰太過分。」先出聲的竟不是李依霖，而是許慧菱，她打直了手擋在李依霖面前，「是他欺人太甚。」

賴家祥帶著悲傷看向被護在後頭的李依霖，「我有猜到，只是我不想說……可我也能理解李依霖。」

靠！黎昀達輕輕用手肘推費孜虹，她回眸與他交換著神色，還真的是內賊啊！

李依霖沒有辯駁，他只是用力交扣著雙手，指節都用力到泛白了，全身緊繃的狀態，很多事不言而喻。

如果不是他，他應該會在第一時間反駁。

張漢辰的「密友」之一，不管是被強迫還是自願，總之他一直是被欺壓的身分，會有這種反彈一點也不叫人意外。

「他……他一直把東西放在我這裡……」李依霖終於開口，卻字字咬牙切齒，「需要時就叫我拿出來，要被檢查時就讓我扛……憑什麼！」

哇！黎昀達挑了挑眉，真想對費孜虹說：你們班好複雜。

「這不是重點，張漢辰已經不在了。」費孜虹居然直接打斷李依霖掙扎的告白，「我們現在有更重要的事，不是嗎？」

出去，求生，比什麼都要緊吧。

看著她緩緩站起，所有同學都用一種哇塞的眼神看著她。

「妳……真是實事求是。」賴家祥由衷佩服，「是啊，人都不在了，計較誰告密有什麼用？」

黎昀達主動輕柔的攙起他，不使他過度疼痛。

林友榮也起了身，皺著眉看向李依霖，「所以你真的是告密者喔？」

「林友榮！」許慧菱不爽地喊著，「這不關你的事啦！」

「不是啊……」他緊張的仰頭，「外面那些人，就是在找他不是嗎？」

費孜虹將許慧菱攙起時，不太高興地上前一步，又擋在李依霖面前，「所以呢？要我們把李依霖交出去嗎？」

我……林友榮欲言又止，他雙拳緊握，想說什麼但沒出口。

「我是不可能把同學交出去的啦！我想現在搞不好那些同學都知道了。」費孜虹推著李依霖往前，「這是我們班的事啊，他們也管太多。」

李依霖踉蹌的跌到賴家祥身邊，不敢看他一眼，賴家祥倒是握住他的手臂，把他往自己身前挪。

「如果……我是說如果……」林友榮低垂著頭，掙扎的問著，「翠中的亡魂只要李依霖怎麼辦？」

前頭五個學生紛紛回頭看著他，「什麼意思？」

「告密者會害死很多人的，他們就是在找抓……他們也一定知道張漢辰的事情，所以才緊追不捨啊！」林友榮認真的皺著眉心，「如果他們只要李依霖，就會放你們走呢？」

「免談。」賴家祥連一點猶豫也無，扳過李依霖的身體推他往前。

許慧菱冷笑著，「我們誰都不是李依霖，根本不知道他的壓力……不是什麼事都能用對錯去分的。」

「是啊，若亡者殺了他，我們就算能活命，豈不是一輩子都要活在愧疚裡嗎？」黎昀達聳了聳肩，「就跟那個方芮欣一樣！」

她的檢舉在當時沒有錯，因為的確有禁書存在，也有反叛分子的存在，但是她沒算到的是這個檢舉卻引發一連串的殺戮。也沒想到單純的學生們居然能為了小事，構陷他人入罪，在那個一點錯都不能犯的年代，葬送他人的人生。

因為她沒錯，甚至還受到了表揚，他跟費孜虹媮都聽見禮堂裡的掌聲，只是誰曉得在全校的掌聲中，那位方芮欣是多麼的痛苦……

痛苦到……得結束掉自己的生命才能獲得解脫。

費孜虹默默往前，她一邊喃喃自語一邊搖著頭，李依霖已經率先走進甬道中，氣氛凝悶不已，連腳步也沉重。

殿後的黎昀達站在甬道前，一手握著蠟燭，一邊朝費孜虹伸出手，他已經習慣牽著她的手一起走。

「我們走後面吧，林友榮，你走我們前面。」黎昀達說著，林友榮憂愁的點點頭，就要從他們中間穿過。

「等一下。」費孜虹突然一步上前，擋住了他，「我還想問一件事。」

「嗄？」林友榮愣住了。

「張漢辰講抓耙仔事件時是在禮堂裡耶！」她凝視著林友榮，「那時你在三樓的教室裡躲著——是怎麼聽見的呢？」

在還沒有朝會、在那個尚未有門板的禮堂裡，張漢辰只在那邊怒吼抱怨過今天的事件而已；後來他們就被突然長出門的禮堂、被莫名其妙的表揚朝會及太多的亡者分心，張漢辰更是一開始就被擊殺在操場上了！

禮堂之後，根本沒人提過檢舉事件的細節——而且，林友榮是在張漢辰死後才從三樓下來的！

又不是順風耳，他是怎麼聽見的。

林友榮從怔愣到緩緩泛起微笑，在甬道前方裡的其他人無不僵硬身子，腦袋一片空白……連賴家祥都不記得，他們上次談論細節是什麼時候了！

黎昀達緊握費孜虹的手，他手持著蠟燭將他們的影子映在壁上。此時此刻，林友榮的影子開始擴大……越來越高、越來越巨大……

『因為，我就是那個袒護魏仲廷的傻子……我就是那個相信他沒有洩漏書單的混帳，花時間在辯護對抗，卻失去湮滅證據機會的罪魁禍首——』林友榮突然咆哮，『一切，都是因為那該死的告密者——』

「走！」賴家祥大喝一聲，推了李依霖就往前衝。

黎昀達即刻把費孜虹拉進甬道裡，她飛快地伸腳把甬道邊早存在的門給踢上，再關起來的瞬間，那鐵門上竟開始迅速地爬滿不知道哪裡來的藤蔓！

『何曉晴！妳為什麼多事！』

駭人的怒吼聲從門的那端傳來，費孜虹邊跑邊驚恐地回頭，看著藤蔓把門與鎖牢牢繫住了！

天哪！費孜虹渾身發涼，她自己在校長室不是想過了嗎——現在在學校裡的不是同學的話，就是翠中的學生了！卻被那人模人樣的外表騙了！

賴家祥飛快地解析著為什麼那個學生不是人！他們誰都沒察覺！

「夠久了！只要一個晚上我覺得就像一世紀這麼漫長了……」

「呵……沒有人比我瞭解翠華中學了！所以我現在才在這裡啊……」

「沒風了啊！沒聽見風聲了呢！」

啊啊！林友榮沒說過他待一個晚上，重點在夠久了，一個晚上只是掩人耳目的比喻！而且他自己也說沒人比他更瞭解翠華中學了……呼嘯的風聲又是什麼時候停的？

就在他出現之後啊！

「幹！林友榮真的不是人！」賴家祥邊跑邊不可思議的大吼，「居然讓他在我們身邊！」

「他想找抓耙仔！」後頭的許慧菱尖聲回應，「他剛說的我沒聽懂，我現在什麼都聽不下去！」

「就他剛說中庭把書單交給方芮欣洩密，原本來得及消滅證據，卻因為有個傻子相信中庭而袒護他，結果最後還真的是中庭洩的密，等到上頭一到就兵荒馬亂，一堆禁書來不及藏！」賴家祥邊跑邊推著李依霖，「你跑快一點啦，我身上有鐵架的都跑得比你快！」

嗚……李依霖涕泗縱橫，「我不是故意的！對不起對不起！」

「有骨氣一點好不好！哪有告密是不小心的啊！你是去檢舉的耶！」賴家祥吼著，「檢舉是需要勇氣的好嗎！」

他們一路奔過了防空洞，連靜下來看的心情都沒有，直接衝到黎昀達他們勘察過的門邊。

李依霖戛然止步，他不敢出去，立刻縮到賴家祥身後去。

「有沒有搞錯，你有勇氣檢舉張漢辰，把東西放回他書包裡，現在卒仔成這樣？」許慧菱覺得難以想像，因為她認為，面對每天對自己施加壓力、讓人生不如死的人，才是真正的可怕。

黎昀達跟費孜虹氣喘吁吁的追上，他們卡在那扇木門前不敢輕舉妄動……因為只要有個什麼在門外等他們，誰都逃不過。

怎麼辦？五個人面面相覷，智者如賴家祥也都不知道該怎麼做？出去與否難以決斷。

不，不管留下還是出去，都是場生死鬥。

「我真的要說，張漢辰真他媽的混帳。」賴家祥緊握著拳，氣得青筋暴露，「對李依霖是另一回事，可現在我們面對這一切都是他害的！」

上。

不過，黎昀達微皺眉，大家今天也都是自願來翠中的啦，倒不必都推到張漢辰身上。

許慧菱痛苦地搥牆洩忿，黎昀達嚴肅擰眉，「我是說風涼話啦，但你們一掛的也沒幫李依霖啊！」

賴家祥斜睨他一眼，「還真的風涼話！你是我的話，再來教我怎麼跟張漢辰尬。」

「他可不是學校愛玩的人而已，他背後真的有人的。」許慧菱低咒著，「那些會拿刀砍人的傢伙，你愛惹去惹。」

費孜虹眼角噙著淚，有些哽咽，「我……我到最近才知道他這麼壞！」

李依霖越過大家看向她，「他在女生面前會裝好人，而且他、他喜歡羅家妮。」

人人都喜歡羅家妮，黎昀達非常明白這種心情，他曾是其中一員，但現在已經不再傾慕了。

大家喜歡的是和平時候燦爛的假象，相處過後才知道她的燦爛不過是裝了幾盞LED燈在旁邊裝模作樣而已，不相處還真不知道……不對，該說沒遇到這種事他只怕現在還紅著臉告白咧！

「現在不是檢討這個的時候好嗎？」賴家祥沒好氣的提醒，「怎麼辦？咬著牙往外衝？」

餘音未落，遠方一陣清脆又熟悉的聲音竟再度響起——鏘！

又打球？所有人莫不發顫，唯有費孜虹亮了雙眼，趕緊從外套口袋拿出另一顆棒球。

「如果是他，給他全壘打就好了。」她不知道在興奮什麼，動手就想推門，黎昀達趕緊扣住她。

「喂，那萬一是布袋戲呢？」

「對啊，我們剛剛在社團裡時，才看到戲偶轉過來瞪著我們，下一秒就被傘架刺穿身體了！」回想起來，許慧菱真是滿腹的不痛快，過程她什麼都沒印象，只感到被拖拉出去。

「就放火燒掉他的布袋戲吧！」費孜虹回得超級輕巧的，「沒有那麼多傘架吧！」

賴家祥瞠目結舌，「有，真的有喔！費孜虹，我們剛剛是四個人……」

「門上沒有藤蔓。」費孜虹根本沒在聽他說話，隻手貼著門板，闔上雙眼，「何曉晴，我相信妳。」

電光石火間，她砰的推開門就出去了。

這是哪招啊！黎昀達整個人都跳起來了，何曉晴是誰？她到底在信誰啦，有必要這麼衝嗎！

想是這樣想，但是他雙腳竟也不聽使喚地跟著追出。

結果如費孜虹所料，門口沒有林友榮或任何亡靈身影，賴家祥疾速走出，果然跟他設想的方位一樣，出口是在紅樓，恰巧在棒球社轉角的側邊。

費孜虹頭也不回的拔腿狂奔，她是一路朝操場衝去的，雨一上身更是冰冷，陳家豪正對著她直接揮出一記——費孜虹直接原地趴下，還順道往左滾兩圈，就不信他能打出滾地球。

「壞球！」她衝著陳家豪咆哮，「你打那什麼爛球！」

黎昀達並沒有追著費孜虹進入雨中，因為他一出來就感受到扎人的視線在左手邊，布袋戲社門口站著森寒的鐘仁斌，他雙手抱著剛剛那斷線的傀儡人偶。

他得護住賴家祥跟許慧菱，傘架還插在他們身上，絕對不能讓偶線再繫上。

「喂！賴家祥等等！」他大喝，「讓李依霖先出來！」

李依霖驚恐地拚命搖頭，結果賴家祥跟許慧菱同步把他推出去，都什麼時候了婆媽個什麼鬼啦！

「我會放火燒掉你的布袋戲喔！」黎昀達鼓起勇氣對著鐘仁斌警告，「別忘了，這裡全是木造的，很容易一把火燒掉。」

『不許！』鐘仁斌果然怒極攻心，『抓耙仔——』

他一瞧見奔出的李依霖就亟欲上前，後頭跟上的賴家祥直接把打火機拋給黎昀達！

黎昀達帥氣的迴過半身接住，只是當他再抬頭時，鐘仁斌卻已經近在眼前——他二話不說用他拿來上吊的繩子繫住他的頸子。

「呃——」他驚恐地倒抽一口氣，及時伸手貼住自己頸子，才沒讓繩子直接勒住脖子。「走！快走！」

能走去哪……賴家祥無法思考，他們三個人趁機奔進雨中，忙了一圈後門還是沒找到，但是現下日式建築那邊根本去不得……他看著眼前的校舍，又得回到教室去嗎？

回到那邊，只有更多的教室，更多的隔間，只怕隱藏更多可怕的的亡者啊！

可是，他們無處可去，總比在開放式的空間好啊！

『抓耙仔都該死，一切都是他們害的！』鐘仁斌死死拉緊繩子，『他們應該要以死謝罪，還我的手指來！』

黎昀達痛苦的咬牙，移動著手上的打火機，「我……我說真的，布袋戲社為什麼要檢舉你？」

什麼？鐘仁斌略怔，忿恨的眼瞪大。

「是他們告發你有叛國心的，那可不是方芮欣……」嚓，黎昀達點燃了打火機，「那些人才是踩著方芮欣的後悔陷害你，搞清楚冤有頭債有主好嗎！」

鐘仁斌上吊的繩子很長，即使繫住他的頸子依然有垂尾，剛好就在黎昀達的右手上方、打火機旁。

火燒繩子的速度向來不含糊，火光閃閃，但鐘仁斌仍舊在不解與忿怒中。

『他們……但如果沒有方芮欣——』

「你不如說你不該生在那個時代好了。」黎昀達瞇起眼，「一樣的事情，若在現代根本不會有事……你已經死幾十年了！不要把過去的恨發洩在我同學身上！」

他倏地拿起燃燒中的繩子往鐘仁斌臉上揮去，他一時驚嚇地即刻鬆手，但是繩子這端依舊圈著黎昀達的頸子，所以鐘仁斌依然能拖著他往前走！

火燒上黎昀達的頸子，他忍著疼乾脆徒手鬆開繩子，再狠狠的將鐘仁斌推向後頭的社團門板。

「滅火吧你！」黎昀達立刻衝進雨裡，「好好保護你的布袋戲偶！」

沖脫泡蓋送，這麼大的雨應該可以幫他降點溫吧！

他甩著手，手跟脖子都有輕微灼傷。

才跑兩步，在看不見的遠處再度傳來揮棒聲，鏗鏘有力……是費孜虹嗎？

「誰讓你拿棒球殺人的！你這麼愛棒球，怎麼可以汙辱棒球！」費孜虹衝著陳家豪大吼，「還不快跑！發什麼呆啊，又是一記全壘打啊！」

全壘打……陳家豪呆愣的後退，是啊，他在想什麼。

轉過身，他又看見了歡呼的群眾，天哪！他現在在甲子園啊，怎麼犯傻了呢？竟然又擊出一記全壘打，他說不定會破紀錄，帶領翠中戰勝甲子園啊！

喔喔喔，教練！他沒有丟臉喔！他真的很愛很愛棒球，一切的努力，就是希望可以到甲子園比賽啊！

費孜虹看見那只有一半的臉龐露出笑容，早知道那是個球痴。她扭頭朝校舍奔去，沒幾步就看見幾乎與她同步的黎昀達，還有前方的許慧菱身影。

「哇！」

電光石火間，賴家祥居然騰空飛起，直接往左飛去後再重摔落地！

下一秒緊接著是許慧菱，她瞬間感受到一股力量衝撞，她腹部遭受重擊後，如賴家祥一樣向後飛起，屁股著地的四腳朝天。

黎昀達與費孜虹同時伸出手互相緊握，也同步止步的蹲下身子——有人！

咦？李依霖驚恐地回身，看著同學摔倒，慌亂的不能自已，他早知道這裡的亡者是針對他，因為他就是檢舉張漢辰的人！他是告發者、他是抓耙仔——所以現在——

『你想去哪裡？』

冷不防的，陰森的聲音自他耳畔響起。

第　週　生活週記　年　月　日

# 第九章

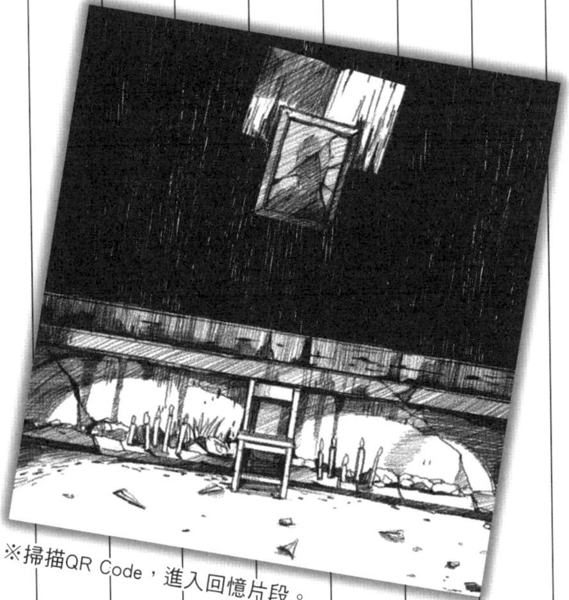

※掃描QR Code，進入回憶片段。

「啊啊啊！」李依霖驚恐地往左看，林友榮不知何時早站在他身邊。

李依霖嚇得往後大跳，看著與平時並無二致的林友榮，平靜地站在那兒。

操場的燈此時竟緩緩地亮起，年代久遠的燈不如現在的燈閃亮，而是顫著泛黃的光，一盞接一盞的亮起，幾乎就在同時，那傾盆大雨停了。

咦？費孜虹抬頭往上，雨勢極速漸歇，進而消失。

黎昀達狐疑的伸手，地上是溼的沒錯，但雨說停就停……這場雨不是颱風的緣故嗎？

李依霖緊繃著神經與林友榮對望，他沒有在意過這個突然出現的學生，也不明白為什麼沒感覺到他的不正常——因為他出現後的一切就已經不正常。

此時此刻第一次把注意力集中於他身上，就可以看見他穿的體育外套手臂側邊，繡著翠中的校徽。

那是翠中的體育外套，他現在才連結在一起。

這個學生不是人，但是之前敏感度高的他，卻依然沒有察覺。

『抓耙仔最不應該了，你們這些混帳傷害太多無辜的人……』林友榮沉穩的說著，

費孜虹也留意到操場的遠方開始有零星的人影走來。

最靠近的，就是握著球棒的陳家豪。

『一個自私念頭，就能毀掉他的人生。』林友榮繼續看著李依霖，『為什麼要當告密者？你們是好朋友啊！』

「……誰、誰是他的好朋友！」李依霖驀地低吼出聲，「他只是把我當作跟班而已，他從來沒把我當朋友！」

林友榮抬起下巴，睥睨著他，『但是他相信你，太相信了……就跟我一樣，是個蠢蛋！』

「相信我……對，他相信我的懦弱、相信我的膽小！知道我不敢反抗他！」李依霖緊緊握拳，雙肩高聳的緊繃，「那不是友情，他只是把我當小弟使喚利用，一旦出事就要我頂罪！」

『你們這種人就是只顧自己，只用自己的角度去思考，不在乎其他人的命。』林友榮上前一步，『根本罪該萬死……』

死？賴家祥抽了口氣，「事情沒這麼嚴重吧，扯到死做什麼？林友榮，你不是我們同學，不知道事情的始末，不該妄加揣測！」

林友榮倏地狠狠瞪著他，『閉嘴——你知道袒護他會造成多慘的後果嗎？』

「我在說理，誰在袒護？」

『對！我當年也是這麼說，魏仲廷可是讀書會殷老師的助手啊，怎麼可能會幹出洩漏書單的事情！我一個人力排眾議，就因為他是我兄弟！』林友榮瞪大的眼裡流露殺機，『然後害慘了多少人——』他在怒吼中回身指向操場另一端，模糊踉蹌且殘缺不清的身影，錯落在操場各處。

「所以全是你的問題囉？」許慧菱尷尬的問著。

林友榮完全怒不可遏，舉起的手指向了李依霖，『背叛者就該以死謝罪！賠我們的命！』

「喂喂，他又不是方芮欣，再說了，李依霖的檢舉目前也沒害到誰啊！」黎昀達忍不住出聲，「張漢辰也是你們殺的吧！」

林友榮斜眼瞪了過來，『背叛者就是這樣，寧可錯殺一百，不可放過一人……』

「這樣做，你跟當年逮捕你們、刑求你們的上頭有什麼不一樣？」黎昀達覺得可笑，怨恨那個時代的嚴法給他們的痛苦與罪名，現在他們還不是在做一樣的事？

『誰放的火，誰就要承擔……背叛者沒有資格活在世上……』林友榮冷冷笑了起來，『這也是為了你好，方芮欣最終也承受不了愧疚，你就能坦蕩蕩的過日子嗎？』

李依霖下意識的往黎昀達身後躲，他咬著唇死命搖頭，「我沒有背叛，是他錯了！他想害我，他錯了！」

『他是你朋友！有錯也該挺！』林友榮瘋狂大喊，『不是窩裡反的背叛！』

許慧菱實在忍不住皺眉，與賴家祥相互攙扶起了身。

「你知不知道你有點語無倫次啊？你說李依霖應該要挺朋友挺到底不能告發，但是你剛剛又說我不能袒護他，因為當年袒護好友卻犯了錯？」賴家祥搖了搖頭，「你根本不知道自己為什麼待在這裡對吧？」

『你當然不能袒護他，因為他已經是背叛者，不再是朋友了！』林友榮突然直接上前逼近李依霖，『把背叛者交出來就是了！』

他腳上彷彿裝了滑輪似的，真的是「滑」過來的，黎昀達緊張地護著李依霖步步後退，看著林友榮平和的面容轉為猙獰，殺氣騰騰地要抓李依霖。

「不要碰他！」黎昀達很想阻擋，但是林友榮卻隨便一拳就把他打飛了。「嗚哇！」痛！媽的超痛！黎昀達一陣天旋地轉，他連自己被往左打還是往右都不清楚，只知道臉頰痛到麻掉，有幾秒鐘的騰空，最後也摔上滿是積水的操場！

賴家祥與許慧菱趕緊把李依霖往後拉走，但是林友榮只消扯到他們背後的傘架，

就可以給予他們撕裂般的痛楚！

『執迷不悟！』林友榮覺得這些人荒唐，『等你們被害死時，在牢裡求生不得時，你們就會恨不得把背叛者撕裂！』

雙雙跌在地上的賴家祥他們說不出話來，哪會坐牢啊……林友榮跟其他學生根本就時空跟腦袋都錯亂了吧！

「嗚……」李依霖腳軟到站不穩，看著那比他還削瘦的男孩盈滿恨意地瞪著他，手指冒出黑色的尖甲。

『跳樓，未免太便宜你了。』林友榮一字字咬著牙，『你這種人，就應該要求得大家的原諒，我要一寸一寸慢慢的……』

「哇！對不起對不起！」李依霖立刻抱頭道歉，但是懷恨未消的林友榮又怎可能輕易放過他？

他一掌就抓住李依霖的衣領，尖甲刺穿制服，沒入他制服下的肌膚，直接拽到身前。

『說對不起就有用的話，我們何至於這種下場——』

「啊啊——」尖甲勾起他的肌膚，李依霖痛得吶喊，他被提拎離地，雙腳激烈的晃動著。「我只是不想出事而已，我不想背上他的罪！」
『那你就可以構陷我們嗎？』
「誰構陷你們了啦！」女孩的聲音帶著不爽，使勁撞上李依霖，硬是將他撞離林友榮揪領的威脅。
李依霖跌落在地，因為被撞開的撕扯，導致皮肉被尖甲挑斷，胸口一片殷紅，恐懼地搗著胸口抬頭，費孜虹已經站在林友榮面前。
黎昀達好不容易才能動彈，一撐起身子，就看見嬌弱的身影擋在李依霖面前了。
「……費孜虹！」他趕緊試圖站起，她是哪裡來的勇氣啊啊，可不可以指導一下！
林友榮冷冷望著她一秒，立刻往右邊地面看去，他只專注於背叛的那一位。
「我才是抓耙仔……如果你要這樣形容的話。」
什麼……什麼！雙手撐在地面試圖起身的賴家祥瞪圓了眼，立刻看向身邊的許慧菱，她驚恐莫名地搖著頭，不知道這件事啊！
林友榮視線重新回到她身上，他連眼神都已經不再正常。
「費孜虹，妳不要亂說啊！」黎昀達直覺她是要保護李依霖，才信口開河。
「沒，的確是我檢舉的。」她一字一字說得清晰，「在李依霖跟教官講的前一個星期，我就已經報告老師了。」

眾人莫不驚愕非常，費孜虹？

「怎麼可能！妳……妳跟張漢辰……」許慧菱覺得這更不可思議！

老實說，費孜虹與張漢辰之間，比李依霖與張漢辰更像朋友啊……雖然是透過羅家妮，但平常交情還是不錯，好歹大家同班，也沒有利害關係啊！

「我跟他的確不錯啊，但這是兩碼子事。」費孜虹用那甜美的模樣與輕柔的語氣，說著讓人無法跟上的真實，「他不僅違反校規，甚至也犯法，本來就該檢舉，這根本不能算抓耙仔好嗎？」

李依霖都呆了，「在我、在我之前……」

「主任他們只是在找機會，我負責觀察他有沒有把違禁品帶來，放在你那邊。」費孜虹說得很從容，「結果沒想到你後來跟老師說了……終於。」

從李依霖檢舉那天起，她便知道「寄放」在李依霖書包裡的東西，勢必會回到張漢辰的書包裡。

老師沒指使李依霖做什麼，只是跟他說了哪天哪節課會搜查，無論如何，為了不讓自己被頂罪，李依霖一定會物歸原位的。

『是妳……還這麼頭頭是道？』林友榮不可思議，『這樣傷害朋友很愉快嗎！』

「他帶K他命來學校吸食又販售，我為什麼不能檢舉他？」費孜虹絲毫無所懼，「我這麼做才是為了他好、才是為了保護其他人不受他的傷害！」

K他命？黎昀達狠狠抽了氣，「他販毒？」

「對，他吸毒又販毒，還把毒品塞在李依霖的書包裡！」費孜虹眼神沒移開過，依然注視著林友榮，「我們的情況跟你們完全不同，我檢舉張漢辰，是因為他不僅違紀，還想傷害一堆人！」

吸毒原本就是不可取的事，更別說他還想販售！

『這跟方芮欣說只是為了想要殷老師走有什麼不一樣』林友榮聞言只是更加怒不可遏，『全部都是妳自己的立場——』

林友榮二話不說就動手了。

他的思想範圍狹隘的侷限在「被背叛」、「構陷」、「羅織」與「慘死」上面，他無法理解數十年後的社會現況，也因為對背叛的恨意太深，無法接受任何形式的理由。

不管說什麼，都會變成藉口，因為事出於方芮欣的檢舉，才有身在翠中、怨魂無法散去的他們！

面對那尖長利甲的攻擊，費孜虹手裡握著她的蠟燭用木條，本欲拿來當棍子，直覺性的抵擋林友榮刨向她臉的手。但鬼跟人果然不同，費孜虹才揮兩下，木條直接被林友榮削斷了。

『妳要自己來還是我幫妳？』他雙眼忿忿，『跳下去還是要我推妳！』

「我為什麼要自殺啊！」費孜虹還在那邊跟他抬槓，「我——」

咦？她突然僵直身子，然後感受到自己的身體不聽使喚的往前……等等，她沒有要走啊，為什麼腳卻自然邁開了！

自殺以謝罪……她不可思議的看著林友榮，他竟操控她的身體要去跳樓嗎？

黎昀達緊張地奔過來，試圖拖走費孜虹，但卻完全無法拉住她。

「李依霖幫忙啊！」黎昀達發現費孜虹筆直往校舍走去，只能拚命拖住她，這根本是被自殺吧？這就是林友榮要的，即使費孜虹從不覺得自己有錯？

胸口染血的李依霖根本嚇得魂不附體，他驚恐地看著林友榮，發現他正專注地看著費孜虹……瞪大的眼底藏著瘋狂，恨意與殺氣湧現，所以才要她如同當年的方芮欣一樣……

李依霖咬緊牙關，他突然衝向林友榮！

他。

「哇啊啊啊啊！」伴隨著恐懼到極致的鬼吼鬼叫，讓林友榮瞬間回神，不得不注視他。

也就在同時，黎昀達成功拽著費孜虹往旁邊跌去，但李依霖卻再度被林友榮攫住臂膀，用那長而尖的利甲，刻意慢慢的折磨他。

對於費孜虹，他認為她該效法方芮欣跳樓表示慚愧謝罪；而對於李依霖，他更希望能一寸寸的虐待他，享受他痛苦的哀鳴，以期能在紅血中悔過。

「啊啊啊！」李依霖痛得慘叫，但根本掙不開。

接著就在上臂肉裡嵌著尖長銳甲的前提下，被狠狠甩了出去，左上臂瞬間因此割開四道深刻的傷口。

他落在離費孜虹不遠的地上，痛到自己都不知道是上臂較疼或是重摔落地的疼痛較難熬。恢復行動的費孜虹被藏在黎昀達的身後，渾身發冷地往李依霖身邊靠去，被操控過的她有種噁心感自胃裡翻上來。

「還好嗎？」費孜虹想扶起李依霖，卻得到滿手的鮮血，「天哪，你的手臂！」

李依霖咬著牙，他只能撐下去，不然能怎麼辦？

林友榮得意的勾起嘴角，眼神放遠，好像在看著其他翠中的亡者們，或召喚，或操控。

李依霖緊張地反手拉住費，「妳真的……真的跟老師說了？」

「嗯。」費孜虹肯定地說著，偷偷瞧向在林友榮身後，正吃力站著的賴家祥及許慧菱，他們尚在震驚之中。

林友榮冰冷地在原地緩緩轉圈，打量著散布在周遭的每個人，他亡靈化後與剛剛偽裝成活人時沒有太大差別，只在於更形削瘦，且帶有一臉病容，而且年紀還比剛剛大了些；他一一掃視著大家，輕蔑的笑容出現在嘴角。

『在自殺前，你們也想要表揚嗎？』他在費孜虹與李依霖之間來回看著，『然後在後悔中度日，看看方芮欣，她就是你們最好的借鏡！』

「才不是，我沒有愧疚！」費孜虹略微不爽的緊握拳頭，「我沒有錯，為什麼要後悔？」

「費孜虹！」黎昀達重新扣住她的肩，「妳跟他們說不通的！他們是因為方芮欣的檢舉而慘死的啊！」

「哪是？根本處處是盲點啊！」費孜虹抬頭，直視著林友榮，「退一萬步來說，在你們那個年代，如果沒有禁書的存在，方芮欣怎麼檢舉？」

是啊，雖然現在很難想像，但在那個年代看禁書就是犯法……黎昀達明白費孜虹的意思。既然犯法就有可能被檢舉、被逮捕，被法律所制裁。

「你可以怪中庭洩漏書單，也可以怪那個男老師搞師生戀還沒處理好，也可以怪方芮欣莫名其妙嫉妒別的女老師，但一切的結論不是因為證據確鑿嗎？」費孜虹振振有詞，再轉向操場上零星的學生，「至於你們，不過是被人利用方芮欣的檢舉，進而摧毀你們的人生，根本不能全都怪在抓耙仔或是方芮欣的告密！」

鐘仁斌默默捧著他的布袋戲偶站在紅樓廊下，望著自己的指頭……那天下午，社長跟學長們指責他有罪的情景，一一浮現。

『鐘仁斌不顧社內的同意，執意演出他的戲碼！』

『他不願意演愛國戲碼，公然反抗社長、更是反抗校長！』

『他一定是左翼分子！想帶頭抗令！』

是社長他們……

林友榮的臉色更沉了，嘴角開始抽搐，『妳說的，彷彿方芮欣沒有錯一樣……』

「你們不要犯罪，不就沒事了嗎？」費孜虹澄澈的雙眸望著他，彷彿想要一個清楚的答案。

沒有違紀的禁書存在，檢舉就不成立了不是嗎？

『胡扯！叛徒告密後還想推卸責任，妳比方芮欣更可惡！不要忘記何曉晴的下場，別人在她的花盆裡埋了禁書，她因此被拖進牢裡，妳知道她是怎麼死的嗎？她被如何折磨凌辱嗎？妳知道她在什麼情況下認的罪？』

何曉晴，黎昀達記得這個名字，似乎是藤蔓的主人，阻止林友榮傷害他們的女孩。

他不知道那個女孩發生過什麼事，也不明白何以費孜虹這麼信她，但是他由衷的感謝她。

「所以她為什麼會被認定有罪？就是因為禁書啊！」費孜虹覺得這些同學好難溝通喔！「就是因為你們把禁書藏在她的花圃裡，她才會死的啊！當年要陷人於罪很容易，更別說你們是明目張膽的犯事還留證據，不管是鐘仁斌、陳家豪或是其他人，起因就是讀書會讀禁書，不是方芮欣的檢舉！」

她的告發或許即將牽扯到學校其他的吸毒者，或是跟他買毒品的學生，但造成這一切不是因為她檢舉張漢辰，而是因為他販毒、那些人購買並吸食。

『就是她檢舉了！她如果不說，一切都不會發生！也沒有人會利用這點來陷害傷害其他同學！』

「你們還有臉說，讀書會在大難臨頭時卻選擇躲起來，甚至因此嫁禍給其他人，那些同學被陷害時，誰吭聲了？」費孜虹不滿的嘟起嘴，「你們太奇怪了，有本事搞祕密結社，結果出事全部都龜縮成卒仔！然後都沒人檢討自己的嗎？」

黎昀達沉痛地抓著她的雙臂，「如果會檢討的話，他們也就不會困在翠中幾十年了。」

漂蕩漫長的數十年，就是因為專注的在檢討別人、恨著別人，乃至於時光流逝，己身已不存在都不自知啊！

『閉嘴閉嘴，妳這個局外人！』鐘仁斌痛苦的握緊缺指的手，『妳跟方芮欣一樣，妳會後悔的，妳會知道因為愚蠢自私的檢舉同學後，會發生多大的效應，連累多少人，到時妳再看看自己的良心何在！』

「我良心好得很啦！我敢檢舉，我就敢負責到底！就算當抓耙仔也勝過你們讀書會那些膽小鬼！而且我跟方芮欣不一樣，我不會選擇跳樓也不會自殺，因為我是堂堂正正地阻止一場大錯誤的發生。」費孜虹雙眼熠熠有光的義正詞嚴，根本是瞪著林友榮說話的，「就算因此造成什麼傷害，我也絕對不會後悔我做的決定——萬一我錯了，我會用一生去彌補我的錯失，而不是從頂樓跳下來逃避，選擇一了百了這種懦夫的行為逃避！」

她同時也瞥向鐘仁斌，彷彿在說：就像你一樣。

一根繩子吊死，親者痛，仇者快，然後還在這邊委屈得跟什麼一樣！有想過自己的家人？

『啊啊啊啊！』鐘仁斌怒極攻心，看來費孜虹精準地踩到他痛處了。

他抓狂地朝著這邊衝來，賴家祥即刻從書包裡拿出之前在教室裡準備的木椅木棍，許慧菱也著忙不迭取出她的桌腳，這種時刻，他們得要自立自強了！

鐘仁斌驀地做出拋擲的動作，在燈光下可以看見他的手裡竄出了細微的絲線，對著賴家祥與許慧菱襲來！他們驚覺到可能又要被操控，很快地轉身改成面對鐘仁斌，不讓他的操偶線有機會往他們傘架上纏！

「我最討厭被人操控！」許慧菱氣急敗壞地抓著長木條就往鐘仁斌臉上敲，「痛死了你知道嗎？你這個死變態！」

賴家祥則往他後腦勺敲去，基本上如果不是人，下手也就不必太客氣了。

『妳真的是最冷血的背叛者！』林友榮渾身都是殺氣，『冷血無情還能振振有詞，可以坐視這麼多人為妳犧牲而不後悔——』

「從來，就沒有人是為了誰而犧牲！」費孜虹大步向後，她再呆也感覺得到林友榮非常非常不爽了。

為什麼都沒有人要先考慮檢討自己啊？

『全部——背叛者、告密者，還有你們這群合夥的袒護者！』林友榮放聲大吼，『為了更多人著想，一個都不能放過！』

他氣得舉腳跺地，操場在剎那間彷彿水解，竟柔軟的波動震盪，讓每個人瞬間失去重心，全數往地上跌去！

什麼啊！黎昀達雙手努力撐著液化狀的操場，整個操場簡直像是水床一樣，根本連站……不，現在連趴都趴不穩了。

「哇啊！」每人都狼狽不已，但是亡者們卻毫不受到影響！

賴家祥與許慧菱摔倒時傘架再度觸及地面，加上翻滾完全就是痛楚加倍，但是為了不讓傘架繼續刺穿身子，他們努力地讓自己無論如何得先保持趴姿，還得注意到行動不受影響的鐘仁斌！

然後，林友榮從容不迫地大步衝了過來。

這裡是他的地盤，區區操場也是由他控制的吧？

費孜虹咬著牙努力半蹲起身，面對眼前波動的操場，力持身體平衡，眼神落在校舍的方向。

身旁的黎昀達只能蹲踞著，手指還得撐住操場地面才不至於倒下，李依霖就別說了，嚶泣聲不止，光是要坐起來都是困難。

但是林友榮來了，用那種平穩到讓人火大的速度衝來。

費孜虹穩住重心，她慶幸這是幾十年前的操場，因為有數不清的石頭可以利用，手裡早捏握好幾枚，只能靜待時機。

距離他們只剩三步的時候，林友榮倏地大步跳躍，根本瞬間離地至少一層樓高，要以垂直之姿撲向他們。

不穩的地面加上他那如刀的十根指甲，光看就知道根本惹不得——現在！

費孜虹突然朝空中扔出石頭，身為壘球隊一員的臂力從來不容小覷，但是對於懷怨甚深的林友榮而言根本不成問題，在第一顆石子未抵達前他便隻手準確握住……只是他不一定來得及擋下後面的三四五六顆。

費孜虹根本不手軟，一口氣扔出好幾顆，又再抓過一把，狠狠朝他扔去。

同時間她立刻撲向身邊的李依霖，以環抱住他的方式靈巧地往旁邊滾動，硬是讓被石子遮眼的林友榮撲個空。黎昀達在同時也往反方向退開，他們只能滾，但現在滾動卻比跑步便利太多了。

誰知費孜虹滾地後竟疾速跳起，接著繞開林友榮旁，朝校舍的方向跳奔而去。

哇塞！黎昀達真的是瞠目結舌，這種波動的地面她都能跑……不，她是用跳的，但是這運動細胞也太好了吧！果然是運動社團的人啊！

林友榮倏地回頭看向邊跳邊晃的費孜虹，轉身要追去，黎昀達只能如法炮製，再拿一堆碎石子丟他，引開他的注意力。

雖說他自身難保，只能遠離林友榮身邊，除了這傢伙外，不能忘記最可怕的棒球少年，那名可能真的可以打進甲子園的少年，他擊出的球可不能小覷！

這些亡者彷彿是順著林友榮的心意行動，他利用他們的不平與怨恨，簡直是他手上最好的兵。

『打爛他的頭。』林友榮厭惡地扔掉輕鬆接住的石頭，目標轉向李依霖。

司令台前的陳家豪聞言，用剩餘的右眼瞪著他們，但他沒有立即行動，而是緩緩舉起球棒……

「不要汙辱棒球！」黎昀達突然衝著他大吼，「棒球不是拿來殺人的，你的教練會怎麼看！」

陳家豪一怔，雙手握住的球棒僵住。

『他已經不能打球了！』他身後的其他亡者同學同聲嘶吼，『我們已經全部都失去了！』

「所以？在這邊傷害你們根本不認識的人，就能重新再來嗎？」黎昀達半爬的往另一頭爬去，現在只在意那球棒千萬不要再舉起。「想想棒球對你的意義，這麼重視就不該拿它來殺人！」

殺……人？陳家豪望著自己球棒，那是因為他們之間有背叛者吧，那種人害得他生不如死，讓他瘋狂地在山上逃亡，他沒有罪為什麼要被逮捕？他為什麼不能逃——他最後聽見的是槍聲，還有劇痛。

這不是方芮欣的錯嗎？還是……殷老師？張老師，或是……陳家豪靜止了，球棒頂著地面，他本應該站在壘包上面，但為什麼腳下卻是滿滿的鮮血。

他，應該要去甲子園的……

黎昀達拚命地適應不穩的地板，陳家豪已經不再移動了，身後其他學生的恨意沒有這麼強烈，在剛剛的費孜虹與林友榮的爭執過後，哭聲反而增加……而伴隨著哭泣聲，天空竟開始飄起毛毛細雨。

憂心地瞄著其他同伴，一轉身看見的是兩點鐘方向的許慧菱，她竟利用這不穩的地面，才一腳踢飛某尊布袋戲偶，落地時便傳來某人心疼的喊叫聲。

二對一，賴家祥大膽的抓著鐘仁斌當支撐，再把他往地上壓，許慧菱即刻壓上去，毫不客氣地將他打趴在地，而且抓過較大的石塊狠狠敲擊他的指骨……有點殘忍，但針對他的痛處的確有效，鐘仁斌的怨恨沒有林友榮那麼深，他像是只想要個公道，所以沒有那麼殘虐吧？

最有意見的是那個滿腔恨意且執著到瘋狂的林友榮吧，所以整個翠中都在他的掌握之下。

他只是瞪著李依霖，嘴角露出殘虐的笑容，連碰都沒有碰到李依霖，其身下的地突然停止波動，恢復成像平時操場一樣的地面，這一幕讓數公尺外的黎昀達覺得驚恐，林友榮根本不可能讓李依霖好過的好吧。

他心目中的抓耙仔都該慘死啊，尤其他說過要一寸寸折磨——李依霖身下的地裂開了！反應本就不快的他根本來不及站起，直接陷進崩裂的洞裡！

「李依霖！」黎昀達嚇著了，彷彿那下面有個大凹洞，而現在平地上的地表裂開，所以李依霖整個人往下掉。

他的右腳先行陷入一個洞，直接卡住令他動彈不得，下一秒是他歇斯底里的尖叫，「哇啊！有人在拉我！不要拉——黎昀達！救我救我！哇——」

其實，只要林友榮願意，現在讓操場回復成普通地面的話，說不定就可以斷送李依霖的一隻腳了……或許，黎昀達打了個寒顫，他就是想要這麼做的！

『你可以開始懺悔了！對你背叛的同學！』林友榮欣喜若狂的吼著，李依霖的慘叫聲淹沒在他的笑聲中。

他得做些什麼，黎昀達覺得自己毫無用武之地，他害怕林友榮、怕腳下波動的地突然也陷一個大洞、怕他的尖甲刺進身體，怕……他統統都怕啊！至少現在的狀況他完全無法上前去幫李依霖！

「喂，卒仔！」一顆碩大的石頭，不客氣的直接擊中林友榮的後腦勺。

林友榮倏地忿怒回身，看著費孜虹，她手裡掂著許多大石，她居然已經抵達逼近校舍穿堂的地方！

「你也可以開始面對自己的膽怯了！」費孜虹邊說邊投以大石塊，「你這個讀書會，才是始作俑者！再加上後續的無情自保，才會害死這麼多人！」

『住口，告密者憑什麼囂張！』林友榮一旋身立刻朝著費孜虹衝去。

「費孜虹，小心地面！」黎昀達大喊，不希望她落到跟李依霖的狀況一樣。

費孜虹採取在原地不停跳躍的方式，果然一如黎昀達警告，林友榮都還沒靠近，她腳下的地面在波動瞬間靜止後緊接著龜裂，她超快地跳離龜裂之處，地面即刻陷出一個洞，她雖然腳沒踩進去，但是——洞裡卻伸出手！

這什——費孜虹根本措手不及，一隻青灰腐爛的手瞬間抓住她的腳踝，直接往那洞裡拖下去！

「呀！」她試圖穩住頹勢但沒有用，因為下面彷彿有著數十具屍體般，爭先恐後想從那洞裡竄出手來將她往下拖。

『嗚……嗚嗚……』哭泣聲自地底傳來，是翠中學生們的悲傷。

但是當林友榮面對費孜虹的同時，操場全數靜止波動，或許像海浪狀般凹凸不平，但就是凍結了。與費孜虹的差別只在於沒有龜裂的洞……如同李依霖剛陷入的那個。

所以林友榮一轉身，黎昀達立刻上前去拉出李依霖，大腿是卡得有點緊，但洞也不小，兩方用力一些，一下子就爬起來了；不過李依霖的腳上也都是抓傷，他驚恐地緊抓著黎昀達，鐵青的臉色不必說出來，黎昀達也知道剛剛下面一樣有亡者意圖拖他一起下地獄吧！

「誰拉我……」費孜虹正在與腳下的拉扯奮鬥，還得分心看著輕笑走來的林友榮，萬分不甘心地又朝他扔出石頭。

黎昀達他們決定撤回教室，操場上的威脅實在太多了！

「哇——危險！」李依霖突然跳起，推開黎昀達，「跑！往前跑！」

黎昀達一怔，基本上遇到這種情況，只會讓人好奇的往上看，他才剛一回頭，就看見升旗繩繞個圈，直接套住他的頸子——倏地一收，黎昀達立刻就被吊上去了。

「呃啊！」

他即時以雙手雙腳夾住旗杆，但是收繩的力道好大，就像有人要把他當旗子升上去一般！

咦！剛敲爛鐘仁斌右手的許慧菱倉皇回身，嚇得鬆開踩住他的腳，「黎昀達出事了！」

她打人打得很累，壓根兒沒有想過要霸凌一個亡者……她趕緊回身朝黎昀達奔去，同時不忘再補踢路上的戲偶幾腳，把他們越踢越遠。

『不——』對鐘仁斌來說，傷害他的手與戲偶，是人生中最嚴重的事。

賴家祥也停止敲擊，他們的木條上竟也像真的染血，這真的是被逼的，他們可不想再變成傀儡般被操控！

「抱著你的戲偶回社團去吧！」賴家祥撂下話，也急著朝升旗台去。

黎昀達夾不住旗杆，他被一吋吋的往上拉，繩子勒得他的頸部出血，仍舊試圖對抗。

『我說過了，一個都不能放過。』林友榮沒有回首，只是用帶著勝利的眼神看著費孜虹，『你知道絕望上吊的滋味嗎？』

「那你知道被你們牽連陷害，然後才絕望上吊的滋味嗎？」費孜虹悲傷地看著他，她覺得那些無辜的同學應該只想問一句：為什麼！

為什麼他們會被牽連？為什麼讀書會事件會影響到他們？為什麼那些讀書會的成員都消失了？為什麼沒有任何人出來為他們說一句話！

為什麼，沒有人敢承認！

『不要把罪扯到我們身上！』林友榮倏地彎身，以要拉起費孜虹的姿勢，直接將利甲嵌進她的手腕，『一切都是方芮欣！』

好痛！天哪！她哀鳴出聲，刀子……費孜虹咬著牙，看著她的手被刨出血痕，幾乎失去氣力還被往下拖，她有刀子……在她口袋裡！

李依霖全身是傷、驚慌地站在升旗台下無能為力，林友榮志得意滿彷彿一切都在掌握之中，吊死黎昀達之後，他有的是方法能讓大家墮落。翠中在他股掌之間，他專注瘋狂地針對費孜虹，告密者都不得好死。趕到升旗台下的許慧菱跟賴家祥束手無策，他們越是往下扯著黎昀達，只是讓他頸子上繩子收得更緊罷了。

李依霖想著，他如果、如果現在躲起來的話……遠遠的，他看見操場的另一端，彷彿鋪上綠毯，緩速覆蓋著操場，由遠而近。

雨越來越大，迴盪在操場的哭聲也越多……他說過，這場雨像是誰的淚水，嘗起來是鹹的啊！

「啊啊——」費孜虹痛苦地尖叫出聲，在她意圖轉身，試著拉開與林友榮的距離時，背部瞬間被刨開。

李依霖全身溼透抖個不停，他看著趴在操場上，漸漸被往下拉的費孜虹，再看著快要不能呼吸的黎昀達，用力握緊雙拳，哭著旋過身，用帶血的蹣跚步伐，吃力地跑向林友榮！

「你有後悔過嗎？」李依霖驀地衝到林友榮的左手邊，拋出這麼一句，「對於害死讀書會的同學？」

什麼？林友榮正揪起費孜虹的頭髮，要割開她的臉，瞬間鬆手，不可思議地以極緩慢的動作往左瞟向他。

啊！費孜虹癱軟撞地，吃力地頂住操場地面，拚命與腐手抗衡！她背部好痛喔……含著淚努力向上爬，淚眼裡留意的是在遠處的黎昀達。

她得……得過去！她有帶刀子啊！

『我害死了誰？』林友榮兇惡地瞪著李依霖。

「讀書會的同學啊……還有、還有那個什麼何曉晴的！」李依霖刻意移動腳步，好讓林友榮面對校舍，背對升旗台，李依霖伸在身後的手輕揮著。

走啊！費孜虹，走啊！

唔！走不了啊！費孜虹趴在地上，那噁心的手根本抓住她不放！踢掉一個還有下一個，而且他們已經往她的小腿抓來了！她突然佩服起許慧菱他們，他們四肢被穿刺還能跑耶，她身上只不過有個十道、八道的傷口就覺得難以動彈了。

『我沒有害死任何人——是方芮欣！是魏仲廷！』林友榮激動得吼了起來，這好像是他首次的激動。

「但是是你拖延了湮滅證據的時間啊！你自己說的。」李依霖挑起了笑容，「你不是認定中庭沒有洩密，所以忙著跟人家爭辯，才失去處理資料的時間？因此大家才會來不及，也才會有人緊張地把禁書藏在花圃裡，害死何曉晴？讓大家也獲罪……」

他是不知道讀書會其他學生怎麼了，但想也知道下場都不會太好就是了。

他……林友榮瞠目結舌，他害的？

費孜虹拿石頭塞進腐手的掌心裡，抓到空隙咬牙跳起，直接從李依霖身後往升旗台衝去。這動作太大果然引起林友榮的注意，他倏地回首，齜牙裂嘴回身就要伸手抓住她。

剎那間，李依霖直接衝到他的利甲前，雙手緊緊扣住他的手腕，任由黑色的尖甲刺進他的胸膛。

「你最好……都沒有錯。」李依霖凝視著他的雙眼，「姑息也是一種罪，就算拿著理想與愛國當擋箭牌，那時的違紀造成殺戮，因為你害慘這麼多人，明明就是事實！」

李依霖……費孜虹知道他幫她擋下了！她不能猶豫，因為黎昀達已經被吊到一半了！

謝謝！謝謝……她哭著朝升旗台衝去，黎昀達仰著頸子在尋找求生的空隙，他已經快要不……能……

「費孜虹！」許慧菱一見到她，雙眼一亮。

她上氣不接下氣的立刻把刀子朝許慧菱拋去，她立刻從黎昀達的背後爬上旗杆，要割斷繩子。

『啊啊啊——』林友榮瘋狂大吼著，然後操場上便開始聚集了「人」！

哭鬧的學生們自四面八方走來，他們個個慘不忍睹，展現著他們的痛苦與被折磨的過往，說跳樓的果然有好幾個，那頭破血流的模樣真的令人恐懼。

賴家祥警戒地護衛著旗杆，深怕有人會動手，但逡巡一圈，這些學生多半都陷在痛苦裡，像林友榮他們這種激烈派的並不多；他們只是不甘與哭泣，有人連質問為什麼都顯得脆弱。

但隨著哭得越激烈，雨下得越大。

李依霖還真說對了，雨便是他們的淚嗎？遠遠看著與林友榮對峙的李依霖，他緊握住拳，再擔心也只能先照顧這裡。

「妳真的檢舉張漢辰了？」賴家祥直視前方，突然詢問旁邊的費孜虹，正眼不瞧她一眼。

費孜虹痛得發顫，感受著手上背上的血滲出就被雨水洗掉，難受得點了點頭，緩緩直起身子。「是，連你一起。」

她幽幽看向他，賴家祥跟張漢辰是一夥的，他沒吸毒，但是他出面販售。

「知道了。」賴家祥勾著冷笑。

「想揍我嗎？」她蹙起眉，現在蒼白的臉色看起來倒是楚楚可憐，「你可以揍我，跟林友榮一樣，討厭我、恨我……反正我自以為是地為你好。」

跟林友榮一樣？賴家祥抽著冷笑，這句話就足以阻止他了。

誰想跟林友榮一樣啊！

砰！黎昀達從上面摔落，痛苦地扯掉頸上的繩子，咳個不停，繩子在他頸部上勒出了一圈紅線，他真的差點就覺得自己死定了。

費孜虹蹲下來探視著他的狀況，再度踉蹌的站起來。

「我覺得……我們不能再待在這裡了……」費孜虹淚流不止，「我們得出去……離開這裡！」

「穿過禮堂嗎？」賴家祥明白她的意思，「但沒有人知道禮堂裡面有什麼……」

跳下旗杆的許慧菱皺起眉，把刀子還給費孜虹。「真的假的？禮堂？」

「對，學校裡不能待了。」賴家祥凝重的點點頭，「我同意。」

「好！」費孜虹立刻從裙子口袋拿出最後一顆棒球，「你們往禮堂去，我一下就來。」

賴家祥驚訝地看著她，「妳要……」

費孜虹緊張的比了個ＯＫ，轉身就朝李依霖那邊衝去。

『啊啊啊啊啊————不是我！我是被小人蒙蔽！』那頭的林友榮瘋狂地傷害毫無反抗能力的李依霖，『是他騙了我，他給方芮欣書單卻沒跟我說，讓我信任他、他讓我信他！』

大量的血從李依霖身上噴濺而出，他的左手被緊緊扣著，被林友榮切開的肉幾要見骨。

「那你怎麼不覺得……自己也該死呢？」李依霖有氣無力地說著，嘲笑般地看著他，「最關鍵的時刻，都是因為你……」

『閉——嘴！』林友榮雙手掐住了李依霖的頸子，『我要扭斷你的脖子，拔出你的舌……看你能不能再告密——』

咦？他倏地向左轉去，看見的是衝來的費孜虹，她宛如脫疆野馬般筆直衝來，沒有懼怕任何人似的直抵他的面前。

瞬間煞住步伐，右腳跟著舉起，標準的投球姿勢，使勁的拋出什麼——棒球強而有力的正中林友榮的正前方，直接敲斷他的鼻骨。

可他沒有閃躲，他鬆開手，握住幾乎嵌在臉上的球，被鬆開而踉蹌向後的李依霖可以看見他鼻骨被打凹的痕跡……他忍不住撇開視線，哇，費孜虹投球這麼狠喔！

『這種東西……怎麼可能傷得了我！』他怒不可遏的嘶吼著，卻赫見費孜虹近在咫尺！

她直接繞過李依霖，誰要傷害一個鬼啦，她只是希望他放開李依霖而已——跑啊！

他們離禮堂最近，那坡道就在眼——「哇呀——」

頭髮被倏地揪住，費孜虹瞬間被往後扯去，她第一時間卻是把李依霖往禮堂的樓梯推過去！

費孜虹！聲帶受傷的黎昀達喊不出聲，他想要去幫忙，但是賴家祥跟許慧菱不許；現在誰都不能再分散了，各自的命各自照顧，費孜虹也同意這一點的！

說時遲那時快，操場地面再度波動，每個學生紛紛往前踉蹌跌去——但是，他們已經到了禮堂旁！

許慧菱半跌半站地催促賴家祥架著黎昀達往坡道去，她則伸長手，等著歪歪斜斜奔來的李依霖搭上……咚，他又摔了下去。

「呀——」費孜虹的哀鳴聲傳來，她雙手護著自己的頭皮，她才不想被扯掉頭皮咧！「做人不可以惱羞成怒啦！」

做人也不該火上加油啊！賴家祥很中肯地在心裡咕噥。

「走……」爬到許慧菱面前的李依霖氣喘吁吁，「她沒關……沒關係，救援已經到了！」

「他打壞你腦子嗎？」許慧菱皺起眉，是在說什麼東西啊！

林友榮拖著費孜虹的頭髮往校舍去，告密的背叛者都該以死謝罪，要像方芮欣一樣，讓大家知道她的後悔、她的過錯，唯有死，才可以代表她真心……走到一半的林友榮頓住，因為他舉步維艱，有東西阻礙他的行動。

半仰躺著，在林友榮身後被拖行的費孜虹看著紅土操場不知何時竟轉成翠綠，藤蔓遍布操場，纏上林友榮的腳、身體，然後是他抓著她頭髮的手。

甚至，鑽進費孜虹的背後，撐起她的身體，取代波動不穩的地面。

啊！林友榮被迫鬆手，費孜虹摔上藤蔓，平穩紮實，看著藤蔓緊緊纏住林友榮的雙足，鮮嫩的綠葉持續從藤蔓枝條裡緩緩生長。

『何曉晴——』林友榮盛怒大吼。『妳為什麼這麼做！妳的植物已經死光了！妳被害得多慘全忘了嗎？』

腫脹的手突然掌心向上的出現在費孜虹眼前，那是隻非常駭人的手，她可以看見處處潰爛，還有被拔掉的指甲床全盈滿著黃色的膿液，白色肥美的蛆蟲在裡頭愉快地進食，爬來爬去。

連搭上這隻手她都猶豫，卻是因為她深怕對方會痛。

遲疑之際，對方主動握住她的手，將她拉了起來……費孜虹已經做好心理準備，果然在她面前的是之前在日式建築裡的面目全非少女。

何曉晴，林友榮口中那位屈打成招，被折磨凌辱至死的少女……這是她死前的模樣嗎？體無完膚血肉模糊……這樣不認罪才有鬼。

『她說得沒有錯！是花盆底下的禁書逼死我，所以我有說話的權利。』女孩聲音很細微，『當初的一切是因讀書會而起，方芮欣的告密導致悲劇，出事後的緘默造成更多遺憾……我們都經歷過當初的痛苦，為什麼還要加諸相同的殘忍在他們身上？』

花盆底下……她聽過這個聲音，費孜虹忍不住哭了出來，她的口袋裡還有一小疊泛黃的紙張，是她從校長室窗邊的花盆裡挖出的東西。

何曉晴就是在校長室門口哭泣的女生，她挖不出別人埋在盆底的東西，因為那是嫁禍她的證據啊！

『憑什麼！每個人都該負責，妳看看多少人死在這裡！他們都要為我們的死負責——』林友榮強硬扭轉身子，開始硬扯斷藤蔓，『尤其是她這種背叛者！』

『嗚哇哇哇——』整個操場裡的學生們痛哭失聲，滂沱大雨再度降下！

「夠——了！」

中氣十足的吼聲驚人的劃破現場這份悲慟凝重，望著費孜虹方向的所有人莫不挺直背脊大受驚嚇，因為聲音來自於他們身後啊！

黎昀達戰戰兢兢地轉身，看著下頭那禮堂門口，竟然站著一個穿著雨衣的人，完全不知道從哪裡出現的傢伙。

人？鬼？眾人紛紛抬頭，誰都不敢呼吸。

「不要再無理取鬧了！林友榮！」雨衣男低吼著，聲音有點沙啞，「你們幾個！

快！從禮堂出去！」

禮堂？對方真的打開鐵門，手指往裡頭比去。

「那裡能走嗎？」黎昀達一點信心也無。

「不要回頭，筆直衝出去，把自己當成一分子就是了。」雨衣男穩健地踏上階梯，迎面走來。

衝，把自己當成……翠中的一分子嗎？賴家祥扶著欄杆往下，上下樓梯對他跟許慧菱而言是更為吃力的，所以黎昀達讓他們先走，自己則回身往操場。

「費孜虹！走了！」她還站在那邊做什麼！

「……好！」費孜虹反手緊緊握住那受刑過的手，「謝謝妳，謝謝……」

女孩抬起頭，雖然臉已經腫得不成樣，但還是可以看見她的微笑，『不，謝謝妳……妳讓花開了……』

呃，費孜虹嚥了口口水，她聽不懂，但是也只能朝著她頷首，趕緊往黎昀達那邊去。

「啊……」她才走兩步就停下，立即回頭看向林友榮……不，是看向教室的方向，「家妮！羅家妮還在裡面……羅家妮！羅家妮——出來！」

這裡離教室很近，羅家妮如果在一樓的話，正前方幾乎就是校長室了，應該聽得見的！

雨衣男擦身而過時，不忘攫住她的身子，硬把她往黎昀達那邊推，「別管別人了……先出去再說！」

「咦咦！」費孜虹踉蹌的往前倒，黎昀達趕緊趨前抱住了她。「不……不行啊，家妮她還在裡面！她不知道我們要走了啊！」

她慌張地回頭，卻對上何曉晴的搖首。她搖著頭，一搖、再搖……黎昀達瞬間扣緊她的雙手，二話不說就拉著她往下走。

費孜虹被拽著走下樓梯，還不可思議地看著何曉晴搖頭，那是什麼意思？天哪，家妮一個人躲在神桌那兒也沒有倖免嗎？林友榮一直都跟他們在一起，怎麼會有時間……不，除了他之外，還有他們不知道的翠中學生！

家妮！妳怎麼了！

「何曉晴，借過。」雨衣男對著女孩說著，筆直的朝著林友榮而去。

賴家祥他們已經聚集在禮堂門外，戰戰兢兢的做著永遠無法準備好的心理準備，門留下一個小縫隙，一走近，就聽見裡面從未停止的朝會。

藤蔓鬆開林友榮，他們站在高處，即使在禮堂門前也能看見他們的身影，那個看起來病容削瘦的林友榮臉色很驚愕，他看著站到他面前的雨衣男，是呆住的狀況。

跟剛剛那種怒極攻心的模樣真是十萬八千里。

「你想找的是我吧？」雨衣男說著，雨聲太大，他們只能聽見片段的對話，「我這輩子……贖罪……你到底……怎麼樣……」

「準備好了嗎？」李依霖調整著呼吸，「我們就、就當作是遲到進禮堂的學生，不要影響太多人，直接衝過去就好了。」

「每班一隊一隊的，要繞到最後面再奔回前門，還是穿過隊伍？」許慧菱瞥了裡頭一眼，這麼多班耶，如果進入後從旁邊繞到底部再折回，就怕夜長夢多。

「剛剛那個人說了，直接衝到對面去。」賴家祥深吸了一口氣，「班與班之間也有間隔的。」

眾人緊張的絞著手，互相交換著眼神，費孜虹望著上面的雨衣男，林友榮身上逐漸竄出黑氣。

「那個人……」黎昀達皺起眉，「好像是今天在路上警告我們早點回家的那個爺爺對吧？」

咦？費孜虹立刻看向他，「對……對對！」

就是那件雨衣，還有那副眼鏡，難怪她覺得好面熟，就是在撿木頭的爺爺！

「數到三。」李依霖緊握著扶把，「三……二……」

費孜虹突然伸手擋住了門，嚇得賴家祥差點大叫。

「好，我知道！妳不必說了。」黎昀達直接扳下她的手，兩個人回身，「你們先走。」

賴家祥擰眉，這兩個人真的非常麻煩！他朝李依霖頷首，他們一拉開門就衝了進去。

『你——你竟然還敢站在我面前！』林友榮吼叫的聲音在雨中傳來，歇斯底里地揪住雨衣男的衣服。

唰的扯開雨衣，緊接著對準雨衣男的心窩，在其盛怒之下，只要兩秒就可以撕開了吧？

須臾間，老爺爺一左一右被人架住，直直向後拖離！

什麼？林友榮利甲撲空。他現在應該已經可以挖出他的心臟，他要親眼看看這傢伙的心臟是什麼顏色！

「何曉晴拜託！」費孜虹哀求著，他跟黎昀達小跑步交換了位子，好讓老爺爺變成正面，直接下樓。

「你們……」老人家有點錯愕。

『背叛者！都是你——所有的一切都是因為——』林友榮聲音倏地一近，『不不！何曉晴！』

「好啦好啦，都是THEY的錯。」黎昀達碎碎唸著，把老人家扯到禮堂邊，「走囉！」

「嗯！」費孜虹點著頭，反正無論如何，都沒有準備好的時候。

一拉開禮堂門，老爺爺就與他們分開，一個接一個低著頭往前，不能橫列著走。

『這次揭發讀書會事件，揪出私通共匪的叛亂分子，我想我們都沒想到，學校裡有這麼多反叛分子。』上頭的男人一襲軍裝，英姿颯颯，『但是，翠華中學真的太幸運，你們要感激擁有一位正義的女性，是她揭發這一切的陰謀！』

他們低著頭依序往前，從班與班之間的區塊走著，上面進行著不變的表揚。

『讓我們給予方同學最熱烈掌聲！她是翠華中學的英雄——方芮欣！』

『怎麼不去死？』

在路過學生間時，黎昀達聽見了學生們的交頭接耳，還有嫌惡的表情。

『害死這麼多人她還有臉上去接受表揚。』

『害得殷老師都被逼走了！』

『那獎狀是多少人的血換來的……』

『老師們被她害慘了！』

『虧張老師對她那麼好！』

『下地獄去吧！』

連費孜虹都聽見了，她悄悄地瞥向左邊的學生們，每個人都用噁心的眼神瞪著上頭的人。

方芮欣啊，今天的一切遭遇也是起因於她，費孜虹幽幽向右方的講台看去，想要一睹廬山真面目。

黎昀達亦緩下了腳步，他們看著站在講台的方芮欣，那是個清秀的女孩，在教官頒獎並要全校師生給予掌聲之際，她的眼神卻毫無生氣，如同槁木死灰。

虛假的掌聲響起，學生們嗤之以鼻，有人還用嘴型說著：「去死。」

啊……費孜虹看著那個面無表情的女孩，她默默接過獎狀，軍人大力讚許。

她卻像失了魂魄的人。

林友榮說過，方芮欣在當年因為意識到自己因嫉妒的檢舉，導致後面牽連這麼多人後，愧疚的難以承受，最後選擇跳樓輕生。

費孜虹看著她如行屍走肉般站在那兒合影，這個表揚，只怕是逼死方芮欣的最後一根稻草。

啪！右手邊突然有學生回身，隻手抓住費孜虹。

『妳是誰？』

學生的臉色瞬間變白，接著他的臉如同下午一般，開始往下融解腐爛。

「我……」費孜虹使勁要抽回手，但是對方卻把她往班級裡拖。

『背叛者！』人群中有人尖吼出聲了。

老爺爺回身抱住費孜虹，伸腳使勁往學生踹去，腐爛的手不再那麼有力，只是才一抬頭，學生們一個個驚醒似的全朝他們夾殺過來。

「快點啊！」正前方的門旁，站著已把門打開的李依霖。

「嗚……」費孜虹慌亂地絆到自己的腳，幸而老爺爺緊緊扶著她，一起往門邊奔去，黎昀達在前頭拿著自己的武器左揮右打的，將不停伸手過來的學生推開。

「呀——呀——」費孜虹被人抓住衣服跟書包，直接往後扯。

「不！」老爺爺扣住她的手，「把書包跟外套給他們！」

費孜虹拉開外套拉鍊，迅速褪下外套，斜肩的書包背帶一取起，刹那就被扯走了；黎昀達回身用力拉著他們兩個，一塊摔出另一端的門外。

李依霖跟許慧菱飛快推著門關上，裡面再度傳來嘔啞嘈雜的激動尖叫聲，伴隨著撞門的重擊。

『背叛者！』

費孜虹全身發抖著，抓著老爺爺跟黎昀達，她的外套跟書包都……連禮堂裡的人也知道她是告密者了嗎？

「賴家祥呢？」黎昀達一平靜下來就在算人數。「他該不……」

「沒事，他先去前面察看了！」許慧菱趕緊呸呸呸，「我們走的時候都好好的，你們就是走太慢，停下來在看他們朝會對吧！」

所以才會被發現。

「我是……我在看誰是方芮欣啊！」這是多難得的機會啊。

「喂——」賴家祥的聲音傳來，他正從下坡處走過來。「橋被水沖斷了，我們過不去了！」

黎昀達見狀，趕緊衝下坡去接他，有沒有搞錯，怎麼讓身上有穿刺物的人上下坡哩，李依霖剛剛的勇氣去哪裡了！

「水淹上來了嗎？」老爺爺拍了拍費孜虹，緊張趨前。

「別說淹上來了！橋兩邊的地基都開始掏空，連怪手都被沖走了！」賴家祥高喊著，「等等說不定就淹上來了。」

「這裡地勢很高，應該還好吧！」許慧菱看著這段陡坡，不是在溪邊應該沒事吧。

「怕就怕地基流失，會造成連鎖反應！」賴家祥吼著，「而且我們也不能在這裡待一夜吧！」

身上有傷，氣溫又低，連續被雨水澆淋的情況下，只怕有人會失溫……賴家祥覺得自己就會是第一個。

費孜虹左顧右盼，環顧四周，從禮堂下去到橋邊，已經沒有任何遮蔽物了。

老爺爺走到崖邊，先眺望著已不存在的橋，黎昀達看著溪水暴漲，他們的腳踏車早就消失了。

「來吧！」老爺爺往下移動，「我們上樹王公。」

什麼？五個學生看著老爺爺輕拍著那棵大樹，粗壯的樹幹，茂密的枝葉……上頭的分枝也的確粗到都可以容人。

「可、可以嗎？」費孜虹皺著眉，「會不會很冒犯？」

「我覺得我們要擔心的是這裡會不會被沖掉吧？」賴家祥一向謹慎，因為如果連這崖壁都沖毀的話，在樹上的他們只怕也……

「總比在這裡淋一夜的雨好吧？這種狀況也不會有救難隊來救我們！」許慧菱高聲喊著，她真的很累了。

出了禮堂，迎面的是打在臉上超痛的雨絲，伴隨著強勁難以前進的陣風，才明白這是真真正正的颱風啊！

「上去吧！」老爺爺用手遮著眉梢，勉強不被雨水模糊視線。

費孜虹用發抖的手雙手合十，拜託樹王公讓大家躲一宿……原本急著想上樹的許慧菱見狀，也乖乖的跟著一起做了。

老爺爺只是微笑，看著祈求的學生們，輕輕拍著樹王公。

樹王公最慈祥了，總是庇護著生靈啊……

女生先上樹，黎昀達跟李依霖擔起重責，負責協助弱者先上去，費孜虹跟老爺爺勉強算是行動自如的，由他們在上方，拉起背著傘架的賴家祥及許慧菱。

樹王公裡的空間比想像得大太多，而且驚人的是樹木何等茂密，竟然能阻隔這颱風雨水，只有零星雨絲打進來。

眾人分據高低枝，加上賴家祥他們身上有累贅，必須有足夠的空間，避免傘架再刺深。

黑暗的樹王公裡靜得令人難以想像，雖不至於鴉雀無聲，但是在颱風中矗立的樹裡，真的太靜了。

「颱風也吹不動這樹嗎？」賴家祥仰頭看著。「幾乎沒有什麼太大動靜。」

趴在略低枝上的許慧菱快闔上眼，「好黑……又好冷。」

「我手機掉在防空洞外了。」費孜虹悶悶地說，「蠟燭在操場上時也被折斷了。」

李依霖的手機後來也落在操場上，黎昀達整個書包都落在紅樓那邊，賴家祥跟許慧菱就別說了，手機全掛，連掉在哪裡都變問號。

「所以這下連求救都成問題了……」賴家祥嘆口氣，「啊，說不定羅家妮有？」

黎昀達悶悶地出聲，「她可能……出事了。」

沒人驚呼，彷彿這是意料中的事，賴家祥看著穿出在手肘間的傘架，他也沒想過自己會活著離開翠中。

李依霖疲憊的想著，羅家妮隻身一人在教室裡，什麼事都有可能發生。

「明天早上會有人來的。」老爺爺沙啞的鼓勵著，「他們知道我到這裡！」

費孜虹深吸口氣，「謝謝你，老爺爺……您一開始就知道我們在這裡嗎？」

「早叫你們不要靠近這兒的啊……來玩的嗎？」老爺爺語帶斥責，「你們啊，看看幾個人進去，幾個人出來喔！」

嗚……費孜虹最先哭了出來，雙手緊緊掩嘴，不讓自己哭得太大聲，黎昀達在一旁輕拍著；剛剛還可以跟林友榮辯得義憤填膺的女生，現在又成雙肩顫抖的秋風落葉。

她一哭，每個人也跟著悲從中來，樹王公裡瀰漫著一片哀傷……失去同學，歷經驚險的一夜，身負重傷九死一生，每一幕都是令人終生難忘的噩夢。

「……不氣我嗎？賴家祥。」費孜虹嗚咽地說，「你是不是……也很想把我丟下去……」

「嗯啊。」賴家祥懶洋洋地回應，「如果今天沒來翠中，我一旦知道是妳檢舉我們，我一定會找妳算帳……該死的抓耙仔。」

「嗚……」費孜虹咬著脣，淚如雨下。「可是……可是……」

「可是我看到林友榮那個樣子，覺得有點可怕，不是因為他是鬼而可怕，是那份執著。」他苦笑起來，「想想把自己困在裡面數十年，就因為不甘心？我可不想變成那副鬼樣子！」

總是旁觀者清，這是他唯一對這種經歷的感謝。

許慧菱伸長手，摸索著，好不容易握住賴家祥的手，什麼都不必說，他淺淺笑著頷首。

「對不起……」囁嚅的說話聲音來自更上方些，許慧菱抬頭，是李依霖。

「嘖，你是又怎樣了？剛剛可以為了大家擋住林友榮，現在又變卒仔了。」賴家祥不耐煩的嘖了一聲，「你要像費孜虹一樣，抬頭挺胸地說我不後悔！」

「賴家祥……」費孜虹聽了其實難受，有點像在諷刺。

「妳沒後悔對吧？」他又問了。

費孜虹啜泣著，「沒有……這是為了大家。」

「反正我不想變成林友榮那個樣子。」賴家祥試圖移動身子，換來哎哎叫的聲音，「我未成年，刑罰不會太重的啦！」

老人家默默聽著，他不知道這群學生在談論什麼，總之氣氛是和緩的。

真的太暗了，許慧菱自己連移動也不太敢……啊！

許慧菱突然開始翻找，從書包裡摸出東西，「欸！我這兒還有蠟燭耶！」

這個不喜歡用古老東西的女人，是唯一完全沒動用蠟燭的人！

「費孜虹，美工刀！」黎昀達開始喊。

「我來吧！」老人家主動接過蠟燭與刀子，在黑暗中小心的操作著。

「小心點喔老爺爺。」李依霖有點擔心，沒光線很危險吧！

啪，打火機跟著亮起，李依霖無奈地笑笑，歹勢，太累太慌了，忘記書包裡還有一個打火機可以照明了。

老人家駕輕就熟地使用那生鏽的刀子，不一會兒就處理掉燭芯溼透的一小段。

紅色的蠟燭穩當的立在樹王公裡的某粗幹上，頓時照亮一切，連心都彷彿溫暖起來。

「古老的東西好像也不錯啦！」許慧菱吐了吐舌。

最後一根紅色的蠟燭，散發出溫暖，賴家祥疲憊地看著對面渾身是血的許慧菱，忍不住輕笑，她回比了中指，論狼狽他可不差！李依霖悶著在上方逕自低泣，其實林友榮說得一點沒有錯，一場檢舉總是會牽扯到許多人。

對他而言，他只是不想再幫張漢辰冒風險，受不了那份欺壓；但事情一旦爆發，學校裡吸毒販毒的網絡就會被發現……到那時，絕對有很多同學會被牽連，而他及費孜虹，只怕會成為眾矢之的。

他依然很害怕，但今夜過後，或許……或許他能多出一點點的勇氣面對自己的選擇。

黎昀達輕靠著樹幹，左手邊的女孩哭紅了眼，他默默伸手握住她的手。費孜虹噙著淚轉頭看向他，滿懷著感激。

沒問題的，都能有活下來的勇氣，還有什麼好怕的？

『喂喂——聽得見嗎？』遠遠的，傳來像是擴音器的聲音，『是不是有人在樹上——喂！』

來勘察斷橋的工程人員，瞧見樹王公裡透出的燭光！

小小的燭光，為他們燃起最後的希望。

第　　週　　生活週記　　年　　月　　日

# 第十章

※掃描QR Code，進入回憶片段。

這場中颱，在金鸞鄉下了七天的雨，不說大小橋梁均被沖毀，連北坡的翠華中學地基亦大量流失，原本要拆除的怪手器械均被沖到下游，通往學校的道路前段也因地基掏空而消失。

而樹王公依舊屹立不搖，躲在樹上的學生們安然無恙。

道路中斷，所以一時無法救黎昀達等人出來，不過救難隊員設法運送物資及衣物過去，他們誰也不敢躲回禮堂裡去，而是克難地在樹上待到隔一天，風雨略小後，再由直升機接應他們離開。

恢復需要時間，搭便橋也要時間，由於還有學生在翠華中學裡，因此第一要務便是救援。

終於等到雨勢稍歇，黎昀達他們全守在溪的對岸，希望能有好消息，不過當看著覆著白布的擔架出來時，他們的奢求便跟著落空；不過沒有人嚎啕大哭，畢竟他們早有心理準備。

「那個女孩找到了。」老爺爺走了過來，他跟大家都很熟稔，也用對講機在跟救難人員通話。

「在校長室裡嗎？」費孜虹難受地問著。

「沒有，說在一樓後面的一間房間裡……」老爺爺有些難以啟齒，「她塞在一個鐵櫃的下方，好像……沒有骨頭是完整的。」

「什麼？」費孜虹詫異的抬首，「她沒有在……校長室？」

老爺爺搖了搖頭，「人員一到校舍便嗅到腐爛味，走進房間時還差點被嚇到，因為那女孩被塞在下面的格子裡，臉部向外，等於一顆頭向著大家。」

就像那張海報一樣。

黎昀達沒有忘記當初羅家妮自己嚇到的地方，櫃子裡貼著一張女明星的畫報，正是臉朝外的模樣……結果，她自己變成那副模樣，也塞在同樣的位子裡？

「沒有骨頭是完整的是什麼意思？」許慧菱不解。

「他們無法用擔架運她出來，說根本是一灘爛泥……」老爺爺拍著費孜虹的肩，「妳要節哀，在那個環境裡……」

「……我明白。」她深吸了一口氣。

事隔多日又泡在水裡，屍體均已腐爛，殘缺不全的張漢辰至少能用擔架抬出；賴家祥跟許慧菱全身裹著繃帶遠眺著，找到就好，找到就好。

這幾日的等待他們也沒閒著，每個人都異常用功地去搜尋當年翠華中學的地下讀書會事件，也想釐清遇到的「人」是誰；大家最好奇的自然是那位歌唱少女，結果她其實完全沒有牽扯進讀書會事件，可最後也是選擇跳樓自殺。

呂珊珊，是合唱團的明星成員，原本她已經獲得歐洲某音樂學院的入學機會，結果卻因為讀書會事件而葬送，主因卻是因為她沒有被牽扯進這場紛爭。

事件爆發後，她為了潔身自愛，不想扯進任何事端便選擇沉默，即使有機會證明別人的清白，她也緘口不語，眼睜睜看同學被帶走定罪；這些無視引起公憤，直到她被懷疑時，也沒有人會替她說話了，甚至有學生落井下石，造謠說她畢業後打算逃到國外，那間音樂學院便是跳板，於是她瞬間成了調查對象。

一旦被質疑、審問過，她的留學資格轉眼成空。

最後她也後悔當初的自私，想起原本能救同學，卻因沉默害他們被定罪，愧疚侵蝕著內心，捱不過良心譴責，最後也選擇自殺。

如果是她，黎昀達就非常能理解她想拖羅家妮跳樓的原因……因為羅家妮也是個自私不想沾染雙手的人。

或許做法不同，但是想法是一樣的，呂珊珊只是在羅家妮身上瞧見了自己……所以認為羅家妮該贖罪。

其他的重要人物他們都見過了，上吊的鐘仁斌、不甘心而傻傻選擇逃亡的陳家豪、遭逢無妄之災的何曉晴，還有……偏激的林友榮。

他是事件的名人，激進派的讀書會成員，被捕之後也沒有收斂，在牢中總是不停咒罵魏仲廷，當初正因為相信好友，所以拖延銷毀證據的時間。某方面而言，林友榮反而還變成陷害讀書會的共犯之一，叫他情何以堪。

一個全力支持讀書會的激進分子，卻變成造成讀書會慘案的共犯，無怪乎他會心有不甘！

他沒有等到定罪，因為他與魏仲廷會成為摯交，就是因為身體不好，自小就在魏家診所看診，入獄後遭到審問及刑求，身體每下愈況，沒幾年就因肺結核身故，死前依然詛咒著魏仲廷，聽說死亡時咬緊牙關，死不瞑目。

魂魄最終回到心心念念的翠中，陷在過去的時光……找尋背叛者。

然後，他們傻傻的闖進翠華中學，說著抓耙仔、告密者的事情，完全陷入林友榮在意的情況中。

「我下星期就休學了喔！」賴家祥懶洋洋地說著，「我很快就變學弟了，各位學長姊～」

費孜虹皺起眉。

「自首好啊，可以減刑，老師他們還沒走到報警的程序。」許慧菱倒是投以讚許。

一被救出來，賴家祥還沒到醫院就說要自首，說他販售K他命，未成年加自首，刑罰的確不重；拉K事件已經爆發，學校裡吸毒的學生一一被揪出來，原則上都希望進行輔導與戒毒。

學校自然是一片兵荒馬亂，對於檢舉的同學雖然校方極力保密，畢竟表面行動是因為搜查書包而找到毒品的，但是買毒品的人都知道：毒品一向是放在李依霖那裡。

誰是抓耙仔，一目了然。

只不過狀況沒有想像得糟，一來是因為他們在颱風夜進入翠中，二來是黎昀達說了一個精彩的故事。

關於翠中的傳說，那些真實存在的亡靈們，張漢辰的慘死跟他們遭遇的歷程，他挑了重點說，所謂的重點就是加強張漢辰慘死的狀況，而且理由變成因為他做出「某些」亡者不能原諒的事。

至於活下來的他們，又繫之於「某些」保護，尤其瞧瞧李依霖，他算是傷勢最輕的一位了。

張漢辰與李依霖，死與活，很多想法人類自己會腦補。

簡單幾個故事，傳聞甚囂塵上，不僅越來越誇張，也越來越離奇，在大雨終止的這天，已經走向了「翠中亡魂跟著李依霖為守護靈」的情況了。

「話說李依霖要不要分個守護靈給我？」賴家祥打趣地說著，「我要是進觀護所時幫我擋一下？」

李依霖又是一臉悲傷，心虛的絞著雙手。「我……」

「真的有的話，應該在費孜虹身上吧？」許慧菱挑高了眉，「我覺得何曉晴對妳挺好的。」

「那是因為我幫她拿出禁書。」費孜虹邊說，邊從口袋裡拿出一個夾鏈袋搖晃著。她還帶在身上，那天回家後仔細風乾，那確是從書上撕下來的頁面，一共不過三頁，折成掌心大小，藏在校長室窗邊花盆底下，區區三張紙，卻殺了一個女孩。

「不管怎樣，她幫了我們大忙。」黎昀達望著忙碌的救難人員，「我想屍體出來後，傳說還是會持續一陣子吧？李依霖，你要記得你是翠中亡靈挺的啊！」

「嗄？明明就……」唉，他明明是林友榮亟欲除之而後快的人啊！

費孜虹有些感傷，羅家妮死得太慘，陳淑琪則根本不知發生什麼事，只怕她們都會成為一個傳說。

「學校拆掉後，他們不知道會怎麼樣？」就現況來說，那些學生並沒有得到救贖。

「會做法事吧？現在又多了三條人命，應該會做得很盛大……只能希望他們看開點了。」賴家祥淺淺勾著嘴角，「一念天堂，一念地獄。」

是啊，萬事均在一念之間。

他們腳痠，就爬上老爺爺的三輪車上，直到看見張漢辰的遺體運了過來，羅家妮真的是一坨的狀態，都不必誰來解說，他們都能知道誰是誰。

「嘿！我們撿到了不少東西！」警察朝著他們奔過來，手裡拎著一大個垃圾袋，「……有個費孜虹……」

「我！」費孜虹緊張的舉手。

「妳掉了什麼在禮堂嗎？」警察接近他們，其他人也趕緊問自己的東西呢？「你們的都還好，但是都泡水了，就是費同學的得花點錢了。」

警察打開手上的垃圾袋，裡面全是被撕碎的物品……費孜虹吃驚地探身察看，天哪，從外套到書包，都被扯了個粉碎。

「這是書包耶……」她不可思議的拿出一個帆布碎片，「書包的材質……能撕嗎？」

警察先生笑而不答，他們才是真正在裡面經歷過的人，問他？

那男學生的屍體雖然腐爛，但是頭顱左上方那塊是怎麼被打掉的？脊椎盡斷，這也不是正常狀況啊。

「在禮堂嗎？」黎昀達暗暗喊了聲，「所以是禮堂裡的學生……」

他們奪去了她的書包與外套，不管材質有多堅硬，依然被撕成片狀；費孜虹突然好慶幸當時老爺爺讓她脫下來送給他們，否則要是自己被拖進去，只怕現在已成無數屍塊了。

「另一個女學生的書包還在，應該就是失蹤的羅家妮了，我們會請她的家長來認屍。」如果認得出來的話，警察略皺眉，「至於你們，還有沒有要補充的？」

費孜虹深吸了一口氣，「陳淑琪呢？她應該在二樓的廁所裡。」

「我們需要一點時間。」他臉色微斂，「那裡面的屍體有點多……」

什麼？所有人倒抽一口氣，瞠目結舌，連不良於行的賴家祥都快跳起來了！有點多？

「那裡面一共有五具屍體，全塞在一起，需要處理的時間。」警察顯得很困惑，「每一具都在腐爛中，所以和在一起，加上全身骨頭都有折毀，也有頭身分離的，我們必須先分辨誰是誰……」

天……天哪……費孜虹覺得有點虛脫，「裡面有這麼多……人？」

「所以你們真的只有一個同學在裡面嗎？」連警察都想要確認。

費孜虹顫抖著點頭，那四間封閉的廁所裡，全部都有屍體嗎？那天晚上，打開門的就是他們？

「不過陳淑琪應該是最新鮮的屍體吧？」賴家祥提出疑問，「我們想知道她在裡面發生了什麼事？」

他沒有很想知道啊！李依霖嚇得摀起耳朵。

「我們還不能確定，但就現場的血跡而言，她應該是顱骨骨折，因為鏡子上全是鮮血跟腦漿，鏡子幾乎都破了，她的頭部傷勢也很嚴重。」警察嘆了口氣，「怎麼會……翠中在那裡很久了啊！進去的人也不在少數，沒聽過這種事……」

「不過至少有四個人你們不知道……」黎昀達小心翼翼說著，「廁所裡的四具屍體，正在腐爛中的話就代表年份不會太久。」

「唉……」又是一陣長嘆，這才是最麻煩的，怎麼會有人死在翠中的廁所裡卻無人知曉呢？得先從失蹤人口開始找起。

費孜虹覺得腳軟手寒，她頹坐下來，黎昀達趕緊上前摟住她。大家都知道陳淑琪應該已經慘遭不測，只是誰也沒料到大家躲藏的那間教室隔壁，居然有另外四個人。

「那天……把我扔出廁所的應該是何曉晴，那張臉不會錯，她為什麼不順便帶走陳淑琪？」費孜虹忍不住鼻酸，「那間廁所曾經發生過什麼事嗎？」

「翠中每個角落都發生過事情。」沉穩的聲音傳來，老爺爺帶著慈祥的笑容再度走來。「即使是一間洗手間……」

每一個角落……許慧菱鬆口氣，他們能活著真是萬幸。

斜眼瞟著溪的對岸，實在難以想像他們到底是哪根神經有問題，那天居然想進翠中探險？還打卡拍照？

「這次真多虧有你啊！」警察笑吟吟的走向老爺爺，兩個人立刻熟稔的握手，「這群孩子幸好是遇到你！」

「緣分吧。」老爺爺只是笑著。

「對了，這次颱風有幾間廟可能要麻煩你了，有幾個佛像壁畫因為漏水還毀了，鄉長應該會再跟你聯繫。」警察朝著老爺爺頷首。

「我知道！等天候穩一點我就會開始修繕。」老爺爺又跟警察寒暄幾句後，從容的走到自己的三輪車前。

學生一見到老爺爺，趕緊下了三輪車，他們幾個就是偷懶嫌腳痠，想說車子擱在這兒空著才亂爬上來的。

「沒關係沒關係……欸！」老爺爺笑了起來，「平常也是載木頭的，沒關係。」

大家尷尬的笑著，就沒經過老爺爺允許啊。

「那天真的謝謝您。」費孜虹已經道謝好幾百遍了，「我剛看到我的外套跟書包都被撕爛了……」

「小事。」老爺爺拍拍費孜虹的肩頭，「你們都是好孩子，大難不死，必有後福。」

是嗎？

李依霖夜夜難以入眠，明明沒有錯，但是他卻依然為自己檢舉張漢辰而感到恐懼……而且，明明費孜虹更早舉發，可她完全沒有被懷疑。

如果……把費孜虹先告發張漢辰的事說出去……李依霖眼神一轉，赫見老爺爺竟盯著他！

咦？他瞬間冒著冷汗，挺直腰桿。

「拿出在裡面的勇氣。」老爺爺對他扯開笑容，「拿出對抗同學的勇氣。」

李依霖深吸了一口氣，「不是什麼事都能靠勇氣解決的。」他恐懼的是，一旦提供毒品給張漢辰的上游找來……那些就不是勇氣或是警察能解決的了。

賴家祥知道他在擔憂什麼，但那是連他都無法掌握的部分。

「不是說了翠中的守護靈挺你嗎？怎麼這麼沒信心？」老爺爺竟知道他們在校內流傳的故事，打趣地說著。

哎呀，黎昀達笑得超尷尬，老爺爺也知道了？

許慧菱忍不住笑了起來，「對啊，說不定半夜有人就幫你出氣。」

「哎唷，得了吧！」那些翠中同學不要來折磨他就要偷笑了。

費孜虹一雙眼好奇地望著老爺爺，其實她有一大堆問題想要問他……關於那天他的出現，他如何準確地喚出林友榮甚至是何曉晴的名字，還有他與林友榮的片段對話。

「那個……」她悄悄絞著衣角，昂首開口。

「妳想知道我是誰。」老爺爺彷彿看穿她的心思，慈藹的微笑，「那是個熱血的年代，只為了讓國家更好。大家懷抱著理想與抱負，拚命地想辦法涉獵更多元更豐富的知識來充實自己，不希望自己所學囿於單一思想——不只是學生，老師也是這樣想。」

費孜虹略深吸一口氣，「所以才會有地下讀書會，所以才會出現當年所謂的禁書？」

老爺爺讚許地笑，輕輕點著頭，「擁有共同理想的我們，在那些書裡獲得新知識，那種內心的富足與感動無法言喻，因而產生不同的想法。我們討論、思辨，生命每天都精彩！」他遙望著遠方，眼神還熠熠有光，「我們也都知道這樣的精彩是在刀口上閃耀，但是卻選擇在當下拿出勇氣，做我們覺得正確的事——每個人都是。」

彷彿可以從老爺爺眼裡的光芒，感受他們當年的精彩。

這個老爺爺是誰，心底似乎有了答案。

「那……您剛剛提到，張老師跟殷老師都是支持的——」黎昀達提出疑問，「但事情爆發後呢？張老師跟方芮欣之間的關係？聽說雖然讀書會是殷老師創立的，但因為她背景硬，逃得很快……」

唉，在開口前，老爺爺眼底的光芒消失，只換得一聲長嘆。

「很多事不是身在其中的人，根本不明白！張老師對待學姊……那是意外，但感情如果能控制，我想就不能叫愛了對吧？」老爺爺神情帶著抹悲傷，「至於殷老師，她第一時間只想保護我們，與我們共生死，只是……被家人強押離開，被迫放棄我們，誰又曉得她的痛？」

「啊……」鼻子酸楚湧上，費孜虹有些震驚，「可是鐘仁斌他們說……」

「他們的時間在幾十年前就停止，停留在自己的怨恨想法中。」老爺爺搖了搖頭，「她離世後，我還去迎接她的骨灰呢。」

費孜虹心裡有些愧疚，那是她沒有參與也不懂的年代，「結果我還跟那些亡靈說，如果不是讀書會的禁書，就不會有方芮欣的檢舉，也就沒有當事者或局外人的牽連，把他們當成始作俑者。」費孜虹眨著淚眼，「難怪那時候他們反而更加生氣……」

「你們應該很難想像當初一封信會害死一家人，一句無心話可以讓人就此下落不明……但每個時代有每個時代的艱難，每一代有每一代要面對的課題。」老爺爺溫柔地摸摸費孜虹的頭，「只是那時的熱血最後還是留下無可抹滅的創傷，許多靈魂也不得安寧……妳知道嗎？別看友榮那樣，他的愛國心可不輸給任何人。」

「我現在明白了，正因為如此，他的不甘與恨意才會那麼強大。」費孜虹吸了吸鼻子，抹去眼角滲出的淚水。

老爺爺幽幽地望向翠華中學，「所以我時不時會回到這所學校，憑弔死者。希望他們能夠放下怨念，也希望多少能償還自己的罪孽……」

費孜虹抿了抿脣，賴家祥輕勾著嘴角，他們幾乎已經知道老爺爺是誰了。

「那……方芮欣……」她想知道老爺爺對於告發有什麼想法。

「噢，我恨她，我恨透她了！」老爺爺毫不猶豫的說著，「事件爆發時，我恨到連在夢裡都想殺了她！我這麼相信她，她竟拿著書單告發我們，害我們陷入地獄……但知道她自殺的那瞬間，我突然被驚醒，她就這這麼死了，我以後還能恨誰？」

果然，如果是她呢？

費孜虹思忖著，因為她是局外人，話才能說得這麼漂亮，今天如果她是張漢辰，只怕也想掐死李依霖，想掐死她吧。

「想看她的話，有空我可以帶妳去。」

「咦!?」這句話讓眾人驚愕不已。

「我在牢裡很久，學姊自殺後我失去目標，原本惦念的母親也過世，我連奔喪都做不到……我覺得我歷經友情親情的折磨與苦痛，是一種報應！直到我出獄後，決定補足這些缺憾。」他指向某個方向，「我後來找到學姊的墳，她被丟在附近的山裡，還是個無主墳。」

「什麼？她的家人怎麼……」

老爺爺無奈的笑著，「那個年代，大家自保都來不及了，不是嗎？就算有人想跟妳一樣勇敢，但那時敢作敢當的代價不是妳可以想像的。」

費孜虹皺起眉，那樣的年代的確有許多現在的他們難以理解的狀況，縱使起因是方芮欣，也不該是這樣的下場。

更何況，錯與對，從來就沒有絕對啊！

費孜虹略瞇起雙眼，熠熠有光。

老爺爺輕哂，不再多語，逕從外套口袋裡拿出那把陳舊的美工刀，「這個還妳吧。」

費孜虹知趣的噤聲，雙手接過在翠中裡找到的美工刀。

「這個是在裡面拿的……在一個門上都是符文的房間裡。」

「啊，原來啊……」老爺爺逕自望著遠方，失聲而笑，「是啊，被沒收的東西一般都在那兒。」

「被沒收？」黎昀達狐疑的問，「那裡我記得看起來像是房間。」

老爺爺又是笑而不答，費孜虹咬著唇，把手裡的夾鏈袋遞出去，「這個是我在校長室花盆底下挖出來的，要不要交給警方？」

老爺爺明顯微怔，接過後仔細看著夾鏈袋，他沒有把紙張從裡面拿出來，只是用手緊緊捏住，像是想看清楚上面的字，旋即又別過頭，眉宇之間流露些許哀傷。

他不是看著翠中，也不是看著碧綠山巒，而是看著更遠的的地方……費孜虹大膽地想著，或許是──幾十年的翠中，兵荒馬亂的那天。

「給那小子吧，他用得到。」老爺爺抬頭指向李依霖，把夾鏈袋塞還給費孜虹，「好好當護身符。」

禁書當護身符？賴家祥忍不住挑眉，真是聞所未聞。

李依霖接過夾鏈袋，一臉錯愕，但還是小心地收了起來。

「好了，快回去吧，這裡別待……也別再來了。」老爺爺溫柔敦促，「至少在重整前就不要再靠近了。」

學生們紛紛再次向爺爺行禮，然後往自己的腳踏車走去，賴家祥跟許慧菱都還不能騎車，所以分別由李依霖及費孜虹載送。

「啊對，美工刀！」才要上車的費孜虹呆呆的回身。

「留著當紀念吧！」老爺爺揚聲揮手，「走了走了！」

「可是……」應該要交給警察吧？

「主人都說送妳了，妳就留著吧！」老爺爺微微一笑，慈藹溫暖。

主人？費孜虹瞪圓了雙眼，望著美工刀，掛上微笑。

「魏爺爺再見！」費孜虹主動揮手。

「對不起我一直亂叫您中庭！」賴家祥趕緊自首，他怕翠中亡魂會託夢告狀，那就不禮貌了。

黎昀達禮貌的頷首，翠中事件唯一還在的當事者，魏爺爺啊！他真難想像，魏爺爺是何等堅強，怎麼熬過這些日子的。

魏仲廷擺擺手，去吧去吧！「回去小心！」

李依霖跟許慧菱都一臉驚訝，魏仲廷？那不是翠中事件的起因之一，那個提供書單的人？這是怎麼回事啊！

「走了啦！」賴家祥催促著，「等等再跟你們說！」

兩個人在驚訝中上路，他們一路往前，途中經過幾台警車，剛剛曾聽見為了要處理廁所裡的屍體，需要更多的支援，只怕正是為此前去的。

再騎一小段，就看見張漢辰父母的車子急駛而去，想是接到遺體尋獲的通知了。

「哇——」賴家祥突然整個人摔下後座，狼狽地掉在路旁厚重的落葉上。

「怎麼了！」後頭的黎昀達緊急煞車，馬上跳下車，「坐得好好的怎麼會掉下來！」

幸好是在無人大道，萬一在馬路上就危險了。

賴家祥被攙扶起身，皺著眉看向李依霖，又嘆口氣，「可以載我嗎？黎昀達？」

「啊……」黎昀達愣愣的看向李依霖，「我是沒問題啦。」

「我剛剛騎得很穩啊！」李依霖開始嘟囔了，「你沒握好吧？」

賴家祥擺擺手懶得說話，一拐一拐走向黎昀達的腳踏車，難道他要說是被推下來的嗎？好像他坐了誰的專屬位咧！

隔壁車上女生皺起眉，根本丈二金剛摸不頭腦，莫名其妙怎麼會摔下來咧？不過費孜虹無心注意這個，她顧著回頭，看著警車燈閃爍的岸邊。

「你手沒力唷？」許慧菱問著。

「誰啊！」賴家祥沒好氣的搖頭，「他那後座被人包了啦！」

什麼？不只許慧菱，連黎昀達也都倏地回頭瞪著他，他驚異地轉著眼珠，「該不會是……那個護身符？」

賴家祥聳了聳肩，「隨便了。」

哇塞！何曉晴跟上來了嗎？許慧菱起了股惡寒，以後跟李依霖說話可能要小心點，媽呀！

「喂，妳有沒有聽到啊，費孜虹！」許慧菱戳了她的背。

「嗄？什麼？」費孜虹這才回神，手裡已經握著美工刀了。

「呿！她在恍神啦，一定在想老爺爺怎麼度過這些日子的。一個人遭遇這麼多事，現在還留在這兒，甚至還大膽的回翠中。」賴家祥彷彿會讀心術一樣，轉向瞠目結舌的許慧菱，「嘴巴不必這麼大，是，他就是妳演過的魏仲廷！」

連李依霖都張大嘴轉過來。

「記得吧？那天他不是中氣十足地從禮堂過來大喊住手？」黎昀達接口接得順當，「叫林友榮叫得多溜！」

許慧菱痛苦的皺眉，想到「她演過」的，全身都痛了起來！如果可以，她一點都不想再提那天的事情，翠中的事情、方芮欣的事都不想再知道。

費孜虹努了努嘴，「是啊，我很想知道這幾十年來，他是怎麼活過來的。」

魏爺爺，論起勇氣，您才是第一啊！

高中生就遇到那樣的磨難，活下來後面對一切至今，誰能比得上您的勇氣？面對人生與活下去的勇氣才是最令人佩服的啊！

費孜虹把玩著手中的美工刀，美工刀背面的下方有些雜亂的刻痕，上面刻有筆畫繁多的字筆畫相當多——是個魏字。

魏，魏仲廷，所以老爺爺才說刀子的主人送給她了。

某方面而言，魏爺爺也保護他們……費孜虹瞥向黎昀達，至少救了他嘛！

賴家祥猛然朝黎昀達的背部一拍。「喂！不是說要吃冰嗎？快點走啦！」

「對對！吃冰吃冰！什麼都不要再想了！」許慧菱跟著大喊。

費孜虹收起美工刀，用力點頭，緊握龍頭騎出去，「GO！去吃冰。」

「喂——告訴我，你們怎麼知道老爺爺是魏仲廷的啊？」李依霖沒想出來。

「閉嘴不要問啦！」許慧菱大喝一聲後，望著他空著的後座立刻改口，「我是說，不必什麼都知道嘛！」

「妳好卒仔喔許慧菱！」

「喔！囉嗦！」

腳踏車輕快地壓過滿地綠葉，穿過幽靜的林蔭大道，叫嚷聲與笑聲此起彼落。

就像幾十年前的某日，大家都曾經擁有的寧靜。

全文完

逆思流
返校─惡夢再續─

著　者／笭菁
原　著／赤燭遊戲
執行長／陳君平
插　畫／Finger、Pegehoho
榮譽發行人／黃鎮隆
美術總監／沙雲佩
國際版權／高子甯、賴瑜妗
協　理／洪琇菁
美術編輯／陳又荻
文字校對／施亞蒨
執行編輯／陳昭燕
內文排版／謝青秀

出　版／城邦文化事業股份有限公司　尖端出版
臺北市南港區昆陽街十六號八樓
電話：（〇二）二五〇〇─七六〇〇
傳真：（〇二）二五〇〇─二六八三
E-mail：7novels@mail2.spp.com.tw

發　行／英屬蓋曼群島商家庭傳媒股份有限公司城邦分公司　尖端出版
臺北市南港區昆陽街十六號八樓
電話：（〇二）二五〇〇─七六〇〇（代表號）
傳真：（〇二）二五〇〇─一九七九

中彰投以北經銷／楨彥有限公司（含宜花東）
電話：（〇二）八九一九─三三六九
傳真：（〇二）八九一四─五五二四

雲嘉以南／智豐圖書有限公司
（嘉義公司）電話：（〇五）二三三─三八五二
傳真：（〇五）二三三─三八六三
（高雄公司）電話：（〇七）三七三─〇〇七九
傳真：（〇七）三七三─〇〇八七

香港經銷／城邦（香港）出版集團有限公司
香港灣仔駱克道一九三號東超商業中心一樓
電話：（八五二）二五〇八─六二三一
傳真：（八五二）二五七八─九三三七
E-mail：hkcite@biznetvigator.com

新馬經銷／城邦（馬新）出版集團 Cite（M）Sdn. Bhd.
E-mail：cite@cite.com.my

法律顧問／王子文律師　元禾法律事務所
臺北市羅斯福路三段三十七號十五樓

二〇一七年二月一版一刷
二〇二四年五月一版十三刷



■中文版■

郵購注意事項：
1.填妥劃撥單資料：帳號：50003021戶名：英屬蓋曼群島商家庭傳媒(股)公司城邦分公司。2.通信欄內註明訂購書名與冊數。3.劃撥金額低於500元，請加附掛號郵資50元。如劃撥日起 10～14日，仍未收到書時，請洽劃撥組。劃撥專線TEL：(03)312-4212 ・ FAX：(03)322-4621。E-mail：marketing@spp.com.tw

**國家圖書館出版品預行編目資料**

返校-惡夢再續- / 作者：等菁 ； 原著：赤燭遊戲 ；
—1版.— 臺北市 ： 尖端出版 ；家庭傳媒城邦分公司發行，
2017.02
面；　　公分
ISBN 978-957-10-7170-1(平裝)

857.7　　　　　　　　　　　　　　105022872